En 1955, ce roman de l'écrivain japonais Yasunari Kawabata, intitulé Yukiguni, a fait l'objet d'une recommandation du Pen Club International à l'Unesco. Traduit en langue anglaise par M. E. G. Seidensticker, dans le cadre de la Collection Unesco d'Auteurs contemporains, il a été publié en 1956 aux Etats-Unis, par les Editions Alfred A. Knopf, sous le titre de Snow Country. La présente traduction, établie sur le texte original japonais, est due à la collaboration de Bunkichi Fujimori et Armel Guerne.

YUKIGUNI :
LE ROMAN DE LA BLANCHEUR

Cultivée *comme une philosophie ou comme un art,
peut-être même comme une sagesse, la musique
délicieuse et raffinée des sens, entendue plus profondément que ne parle le cœur, écoutée dans le pro-
longement de ses échos jusque dans l'âme du silence
intérieur, est-elle douée d'une magie capable d'ouvrir
à quelqu'un les portes de sa liberté, de métamor-
phoser ses joies en bonheur, et ce bonheur en une
sérénité qui serait synonyme de certitude, de plénitude et de paix ?*

*Ou bien le douloureux amour, tout entier fait de
sacrifice et de silence dans le don de soi : cette
douce chaleur immatérielle qui naît et se propage
dans le secret du cœur et le mystère aveugle d'une
harmonie inécoutable, l'amour plus souverain que
la chair meurtrie qui le porte, serait-il seul à déte-
nir cette grâce de la rédemption ?*

*Retrouve-t-on jamais la pureté dont le souvenir
est en nous, pressant et ineffaçable comme celui
d'un Paradis perdu, faute duquel aucun jardin n'a*

ni la permission ni le pouvoir de nous laisser entrer chez lui ? Peut-on la retrouver, cette ineffable pureté, en connaissant les transparences ineffables du gel et la lucidité parfois terrible du froid pur ? En s'offrant corps et âme à cet absolu de blancheur ? En se prêtant aux enchantements du Pays de neige avec une complaisance parfaite, quoiqu'en choisissant sa saison pour éviter les deux extrêmes du plein été et du cœur de l'hiver ? Suffit-il de goûter aux prestiges de l'altitude ? Suffit-il de regarder pour voir, d'écouter pour entendre, de toucher pour être touché ? Est-ce assez que de se baigner dans l'air bleu, de respirer jusque dans le souffle du sang l'ozone invisible et fort de la montagne ? Peut-on vivre et se laisser vivre ?

Peut-on quitter vraiment le pays d'où l'on vient, et, se laissant guider par la jouissance, trouver vraiment dans le pays où l'on est venu, dans le pays qu'on a élu, une virginité de cœur suffisante pour devenir soi-même ce qu'il est ? Pour recevoir enfin de cette nature enchanteresse, et qui semble pouvoir tout nous apprendre, la réponse à cette question que nous pose toujours notre nature : l'incertaine question que personne, vraiment, n'ose en toute franchise se poser.

Tels sont sans doute les thèmes musicaux de l'œuvre musicale de M. Kawabata, mais qu'importe ? On croit lire un roman ; on vit une incantation.

Car la poésie naît toujours de cet accord profond entre l'esprit d'une œuvre (la direction de l'entreprise, si l'on veut) et le génie propre de la langue, le cœur même de la civilisation, l'âme de la race qui l'ont fait naître. Et rien ne saurait être plus japonaisement orienté, au point même que la chose resterait presque impensable dans l'une quelconque de nos langues occidentales, dans l'épaisseur subtile ou raide de nos raisons, que l'art diaphane, le charme impalpable, l'ironie splendide de la transparence, l'architecture

invisible de ce « roman » où tout se passe ailleurs,
sensiblement, que dans ce qui est dit. Comme tous les
poètes, M. Kawabata sait que l'essentiel est ce dont
on ne parle jamais ; mais parce qu'il est Japonais, il
a pu choisir comme méthode directe le respect absolu
de cet axiome. Il ne parle jamais de ce qu'il veut dire
et parvient infailliblement, par une juxtaposition de
sensations, de notes piquées ou de trilles nerveux, à
nous le faire sentir avec une magnificence et une
ampleur dont il faut presque affirmer qu'elles ridicu-
lisent la méthode inverse, quand elle prétend verser
dans l'évidence de l'écriture et rendre par l'emphase
de la description les mouvements intérieurs du
drame.

Au point où nous en sommes, les uns et les autres,
dans nos civilisations exténuées et forcenées à la fois,
jetées avec férocité dans les plus immédiates appa-
rences, on ne peut plus guère articuler une vérité
authentique sans avoir l'air de professer un paradoxe.
Et c'est ainsi que le pur réalisme japonais, ce grain
concret que ne quitte jamais l'esprit japonais, aboutit
concrètement au plus efficace démenti du prétendu
« réalisme » littéraire qui infeste nos littératures : ce
réalisme n'étant, à tout prendre, qu'une abstraction
de plus, un simulacre conventionnel, une optique de
l'effet à produire sur le papier. Aux antipodes de la
réalité charnelle ou spirituelle. Sur le papier seule-
ment.

C'est le respect de la réalité, de la réalité réelle qui
ne peut être que cela et n'a pas d'autre monde pour
l'être ; c'est le respect de la vérité dans sa vérité
même, que cet effort constant de les laisser où elles
sont, sans chercher par une tricherie à les faire
paraître et apparaître par des mensonges concertés,
sous des masques et des travestis. Le poète se
contente de disposer son lecteur à les recevoir elles-
mêmes, et ne requiert de lui que son honnêteté. C'est

en cela qu'il anoblit l'humanité, au lieu de l'avilir. Et il n'y a que lui.

Bernanos, chez nous, est un grand poète pour ces mêmes raisons, et je m'empresse de le dire afin de cesser bien vite d'effaroucher tous ceux que ce mot jette dans l'épouvante. La différence entre le poème et le roman, c'est qu'ils ont également cinq lettres, mais que l'un s'éclaire de trois voyelles quand l'autre s'étouffe de trois consonnes. Voilà tout.

M. Kawabata, poète japonais, n'écrit pas de poésies : il a écrit des romans, lutté pour la défense d'une sensibilité japonaise par des critiques, défendu une tradition vivante à laquelle il s'est profondément nourri, imposé de plus jeunes auteurs, poètes comme lui du génie japonais. C'est bien à tort que les historiographes le rattachent superficiellement à cette Ecole de la Sensibilité Nouvelle (Shinkankaku-ha, ou néo-sensationnisme) dont le principal représentant est son ami Yokomitsu Riichi, qui va chercher à l'étranger les ressources qui tendent à renouveler la sensibilité ancienne, alors que Kawabata, par sa sensibilité même, n'est tourné que vers le Japon. Il a été, d'ailleurs, fortement influencé dans sa jeunesse par les chefs-d'œuvre de la grande époque Heian, au sommet de la tradition.

Je ne crois personnellement pas beaucoup aux biographies, persuadé que c'est toujours un mensonge et une vaine illusion que de prétendre faire tenir la vie d'un homme (secrètement vécue comme toute vie) en quelques lignes, pages ou volumes. Mais jusque dans un temps aussi confus et pressé que le nôtre, la vie des poètes garde un dessin et nous fait un signe, qu'il est possible de relever en quelques traits.

Pour M. Kawabata Yasunari, fils de médecin, né en 1899 à Osaka, elle n'y a pas failli, puisque sur le berceau de l'enfant la mort était déjà penchée. En 1900, le bébé a perdu son père ; en 1901, c'est sa mère qui est morte. Elevé par ses grands-parents (on sait quelle importance a la famille au Japon) l'enfant perdra son unique sœur, élevée, elle, par son oncle, quelques années plus tard. Il a sept ans quand meurt sa grand-mère, en 1906, et le jeune homme est encore en cours d'études secondaires, en 1914, lorsqu'il reste seul au monde, après la mort de son grand-père. (*Sa première œuvre littéraire* : Journal intime de la XVIe *année, qui sera publiée en 1925, fut écrite alors et décrit avec une lucidité frappante l'agonie du vieillard.*)

Il poursuit le cycle des études, néanmoins, et passe en 1917 le concours d'entrée au Lycée Supérieur à Tokyo, section de littérature anglaise, et obtient son diplôme après les trois ans d'internat. Toujours dans la section de littérature anglaise, il entre alors à l'Université impériale de Tokyo. Dès l'année suivante, en 1921, il fonde avec quatre camarades la revue littéraire Shinshichô (Pensée Nouvelle) *où il publie, à partir d'avril,* Une scène de Fête. *En 1923, il collabore à la grande revue* Bungei-Shunjû. *La centaine de courts romans et de petits contes qu'il a écrits et publiés à partir de 1924 sera réunie par la suite sous le titre du* Roman de la Paume. Izu no Odoriko (*La Danseuse d'Izu) paraît en 1926.*

Ses Œuvres complètes comptent, à ce jour, seize volumes. A côté de Sembazuru *(ou le* Thème des Mille Cocottes*) dont la traduction française, fruit de la même collaboration, doit paraître incessamment chez un autre éditeur, nous citerons* La Bande Rouge d'Asakuza *(Vie des danseuses de ce quartier de Tokyo) 1929-1930 ;* Les Animaux *(1933) qui est l'histoire d'un maniaque des petits animaux et l'un de ses chefs-d'œuvre.*

C'est à partir de 1935, dans diverses revues, que paraîtront isolément les fragments, dont le rassemblement donnera en 1937 la première version de

Yukiguni, Le Pays de Neige. *Une seconde version,
avec l'incendie final (parue en 1940), en sera donnée
en 1947, après un remaniement définitif.*

L'auteur procédera de même pour Sembazuru, *dont
le premier fragment paraît en 1949, cinq ans après la
guerre et la défaite du Japon, dont Kawabata fut si
profondément affecté qu'il déclarait, alors :* « *Désormais, je n'écrirai plus que des élégies* » *(c'est-à-dire
des poèmes tragiques, voués aux morts).*

Une version de Sembazuru *paraît en 1951 ; et en
1952,* Yama no Oto, *le Rugissement de la Montagne.
M. Kawabata a également publié, depuis, une* « *Suite* »
de Sembazuru, *qu'il intégrera sans doute dans une
prochaine version définitive.*

*L'édition collective des œuvres de M. Kawabata fut
entreprise en 1948, date à laquelle il fut nommé Pré-
sident du Pen Club du Japon.*

*Comme on le voit, c'est vraiment en poète que
travaille le* « *romancier* » *japonais, en écrivant
d'abord ce que nous appellerions des poèmes en
prose, d'une perfection et d'une musicalité excep-
tionnelles, qu'il réunit ensuite en romans, généralement assez courts, mais d'une multiplicité d'intention et de rayonnement innombrables ; et l'on
comprendra qu'un tel auteur, qui interroge son lan-
gage jusqu'au plus intime de son génie, estime, à
juste titre, que c'est précisément par ce qu'ils ont
d'essentiellement intransmissible (sauf, peut-être, par
une subtile transposition des valeurs suggestives de
la musicalité et de l'image) que ses écrits prennent
toute leur valeur. Il méprise les traductions, et il a
raison. Aussi serions-nous comblés, quant à nous,
si le lecteur voulait bien ne pas chercher ici un trop
facile exotisme qui n'est jamais qu'une de ces* « *dis-
tractions du diable* », *mais offrir sans apprêt à notre
travail cette appréciable simplicité du cœur, qui fait
que d'âge en âge, quelle que soit la distance du temps,*

ou de continent à continent, quelle que soit la distance d'espace, une voix d'homme, quelle que soit sa langue, quand elle parle d'une certaine façon, peut toujours être entendue par une oreille d'homme, s'il y a quelqu'un derrière pour l'écouter. Et celui-là, n'en doutons pas, s'en trouvera comblé autant que nous l'avons été.

ARMEL GUERNE.

Un long tunnel entre les deux régions, et voici qu'on était dans le pays de neige. L'horizon avait blanchi sous la ténèbre de la nuit. Le train ralentit et s'arrêta au poste d'aiguillage.

La jeune personne, qui se trouvait assise de l'autre côté du couloir central, se leva et vint ouvrir la fenêtre devant Shimamura. Le froid de la neige s'engouffra dans la voiture. Penchée à l'extérieur autant qu'elle le pouvait, la jeune personne appela l'homme du poste à pleine voix, criant au loin.

L'homme approchait, foulant la neige lentement, une lanterne à bout de bras ; un cache-nez lui montait jusqu'aux yeux et les rabats de sa casquette de fourrure lui couvraient les oreilles.

« Si froid déjà ? » se demanda Shimamura qui regardait dehors et ne voyait rien d'autre que quelques baraquements tapis au pied de la montagne, là-bas où le blanc de la neige, déjà, disparaissait dans la nuit. Sans doute le logement des employés du chemin de fer.

« C'est moi, chef. Comment allez-vous ?

— Oh ! c'est vous, Yôko... Vous voilà donc de retour ?... Le temps s'est remis au froid.

— Mon frère a trouvé du travail ici, à ce que j'ai appris. Je voulais vous remercier de vous en être occupé.

— Dans un coin pareil, vous savez, la solitude ne va pas tarder à lui peser.

— Ce n'est toujours qu'un grand gosse, pour tout dire. Est-ce que je peux compter sur vous pour lui apprendre le nécessaire ?

— Bah ! il se débrouille très bien, vous pouvez me croire. Et puis avec la neige et tout, on va avoir du travail par-dessus les bras. L'an dernier, il en est tombé tellement, de neige, que les trains étaient à tout moment bloqués par les avalanches ; les gens du pays n'arrêtaient pas de cuisiner pour les voyageurs.

— Vous avez l'air d'être bien couvert, vous. Mon frère m'a écrit dans sa dernière lettre qu'il ne portait pas encore de chandail.

— A moi, il m'en faut bien quatre l'un sur l'autre pour avoir chaud. Mais ces jeunes, ils boivent de l'alcool quand il fait froid... Et c'est tout ce qu'il leur faut pour se retrouver là-bas ! ajouta-t-il avec un grand geste du bras qui tenait la lanterne vers les baraquements ; — et au lit avec un bon rhume ! Ça ne rate jamais.

— Il boit aussi, mon frère ? s'inquiéta la jeune Yôko.

— Non, pas que je sache.

— Vous partez à cette heure-ci ? s'étonna-t-elle.

— Oui, il faut que j'aille voir le docteur... Oh ! ce n'est rien de grave : une petite blessure.

— Ah ! vous ferez bien de vous surveiller, alors ! »

L'homme, engoncé dans le gros paletot qu'il avait enfilé sur son kimono, s'éloignait déjà, frigorifié et visiblement pressé de rentrer.

« Veillez bien sur votre santé, vous aussi ! » lança-t-il par-dessus son épaule.

Cherchant des yeux tout le long du quai couvert de neige, Yôko parla encore :

« Chef ! mon frère n'est-il pas de service en ce moment, par hasard ? Surveillez-le bien, je vous en prie ! »

Il y avait une telle beauté dans cette voix qui s'en allait, haute et vibrante, rouler comme un écho sur la neige et dans la nuit ; elle possédait un charme si émouvant, qu'on en avait le cœur pénétré de tristesse. La jeune femme se tenait toujours penchée à la fenêtre lorsque le train se remit en marche.

« Qu'il vienne à la maison quand il sera de repos ! Dites-le-lui ! clama sa voix si belle, au passage, à l'adresse de l'homme qui cheminait le long de la voie.

— Entendu ! » répondit le chef de poste.

La jeune voyageuse remonta la glace et pressa des deux mains ses joues rosies de froid avant de regagner sa place.

Sur ce versant de la montagne, précisément en ce point-ci, l'on pouvait voir les trois chasse-neige parés en prévision des lourdes chutes de neige à venir. On avait en outre établi un système électrique d'alerte, à l'entrée et à la sortie du tunnel, afin de signaler sans retard les avalanches qui viendraient à obstruer la voie. Un nombre suffisant de bras pour assurer cinq mille jours de travail, attendait là, en permanence : des manœuvres toujours prêts à intervenir pour dégager la ligne, sans compter les deux mille journées que pouvaient également fournir les jeunes volontaires mobilisés dans le corps des sapeurs-pompiers.

« ... Rien qu'un poste de chemin de fer, que la neige ne va pas tarder à engloutir... C'est ici donc qu'il va travailler, le frère de la jeune fille nommée Yôko... » Ainsi pensait Shimamura, dont l'intérêt pour la jeune personne s'accrut du même coup.

Spontanément, il avait pensé à elle comme à une jeune fille. Mais c'était simplement parce qu'il y avait en elle quelque chose qui lui disait qu'elle n'était pas mariée. En vérité, elle voyageait en compagnie d'un homme, et Shimamura ne disposait évidemment d'aucun moyen de savoir au juste qui il pouvait être. A première vue, ils se comportaient en époux. L'homme, toutefois, paraissait très gravement malade, et la maladie a toujours pour effet de resserrer les rapports entre un homme et une femme. Quelle jeune personne, soignant maternellement quelqu'un de bien plus âgé qu'elle, ne donnera l'impression d'être son épouse, si l'on n'y regarde pas de trop près ? Oui, dans n'importe quelle circonstance. Et plus les soins réclamés par l'état du malade seront attentifs, plus le couple aura fatalement l'air d'un ménage...

Se fondant sur le sentiment général que lui donnaient les apparences, Shimamura préféra donc penser, indépendamment de l'homme, à la jeune personne qui l'intéressait. Et ce sentiment, depuis le temps qu'il la contemplait, s'était fortement chargé d'impressions personnelles, de réactions subjectives assez intensément marquées et quelque peu bizarres.

Cela s'était produit trois heures plus tôt, alors que, s'ennuyant, Shimamura considérait distraitement la paume de sa main gauche, faisant jouer ses doigts, en se disant qu'il n'y avait guère que cette main, la caresse des doigts de cette main, qui eussent conservé un souvenir sensible et vivace, la mémoire chaude et charnelle de la femme qu'il allait rejoindre. Car elle se dérobait à sa mémoire, s'évanouissant à mesure qu'il essayait de se la rappeler et ne laissant rien derrière elle à quoi il pût se raccrocher, rien qu'il pût seulement retenir. Dans le vague de tout son être, c'était uniquement cette main gauche, avec le souvenir net et comme actuel encore de son contact, qui semblait permettre à Shimamura le retour en arrière. Impressionné en sentant soudain cette chaleur vivante sous sa main, gêné presque par la réalité étrange de cette présence et peut-être quelque peu séduit, Shimamura avait approché sa main de son visage. Doigt tendu, il avait ensuite tiré un trait rapide sur la vitre embuée, non sans voir apparaître et flotter devant lui un œil féminin. De surprise, il avait failli lâcher un cri. Mais ce n'était qu'un rêve dans son rêve, et en se reprenant, le voyageur constata que c'était, réfléchie dans la glace, l'image de la jeune personne assise de l'autre côté. L'obscurité s'était faite dehors ; la lumière avait été donnée dans le train ; et les glaces des fenêtres jouaient l'effet de miroirs. La buée qui masquait la glace l'avait empêché, jusque-là, de jouir du phénomène qui s'était révélé avec le trait qu'il y avait tiré.

En lui-même, l'œil que voyait Shimamura revêtait une beauté étrange, mais il feignit pourtant la langueur ennuyée du voyage, approcha son visage comme pour regarder le paysage du soir par la fenêtre et essuya la buée sur toute la surface.

La jeune personne se tenait penchée en avant, surveillant avec attention le personnage en face d'elle. A cette sorte de tension que le reflet révélait chez elle à hauteur des épaules, Shimamura comprit que c'était l'intensité même de son attention qui lui tenait l'œil fixe et mettait dans son regard cet éclat de dureté farouche, avec ces paupières qui ne battaient même pas. Allongé, l'homme avait la tête appuyée contre la fenêtre, et ses jambes étaient étendues, les pieds reposant sur le siège où se trouvait la jeune femme. On était en troisième classe. Le couple n'occupait pas, de l'autre côté du wagon, les sièges exactement à la hauteur de celui de Shimamura : il était installé un rang devant, de sorte que, dans la fenêtre-miroir, Shimamura ne voyait apparaître, de l'homme, qu'un profil coupé au niveau de l'oreille.

Quant à la jeune femme, placée diagonalement en vis-à-vis, il la trouvait bien directement dans le champ de son regard. Mais il avait immédiatement baissé les yeux lorsque ces nouveaux voyageurs étaient montés dans le wagon, frappé par la beauté de la jeune femme et son air de froideur distante, qui l'intimida. Il avait eu tout juste le temps d'apercevoir les doigts exsangues et cendreux du malade s'accrocher à sa compagne. Shimamura s'était détourné d'eux et n'avait plus osé, sans trop savoir pourquoi, regarder dans leur direction.

Ce qu'il voyait maintenant du visage masculin dans le miroir que formait la fenêtre pour lui, cette expression détendue, cet air de calme abandon dans la sécurité d'un confort, il avait l'impression que cela tenait au regard de l'homme qui tombait directement sur le buste de la jeune femme et s'y reposait. Shimamura trouvait à l'image de ce couple une certaine harmonie, faite de douceur et d'équilibre entre les deux silhouettes semblablement fragiles. L'homme reposait, la tête appuyée sur un bout de son écharpe qui lui servait d'oreiller, l'autre bout ramené sur sa joue et lui couvrant la bouche comme un masque. L'étoffe glissait parfois et remontait sur son nez, ou au contraire se défaisait en lui découvrant le visage, mais avant même qu'il eût bougé tant soit peu, attentive et prévenante, la jeune personne s'était penchée sur lui pour remettre tout en ordre. A force de se répéter sous les yeux de Shimamura, l'incident et le geste qui le suivait automatiquement finirent par éveiller chez lui une certaine impatience. Ou bien c'était le pan du manteau dont le malade avait les pieds enveloppés, qui glissait à son tour et pendait jusqu'au sol, aussitôt ramené, mécaniquement eût-on dit, et mis en place d'un geste prompt par la jeune femme. Tout allait si naturellement de soi :

on eût dit que ces deux-là, sans nul souci du temps
et du lieu, se disposaient à poursuivre éternellement
leur voyage et à s'enfoncer sans fin dans la distance.
Peut-être était-ce pourquoi Shimamura, quant à lui,
ne ressentait aucun des sentiments de compassion
ou de tristesse que suscite un spectacle affligeant :
il contemplait tout cela sans émoi comme s'il s'agissait d'un petit jeu dans quelque rêve inconsistant
— et sans doute était-il sous cette impression par
l'effet étrange de son miroir.

Sur le fond, très loin, défilait le paysage du soir
qui servait, en quelque sorte, de tain mouvant à ce
miroir ; les figures humaines qu'il réfléchissait, plus
claires, s'y découpaient un peu comme les images en
surimpression dans un film. Il n'y avait aucun lien,
bien sûr, entre les images mouvantes de l'arrière-
plan et celles, plus nettes, des deux personnages ; et
pourtant tout se maintenait en une unité fantastique,
tant l'immatérielle transparence des figures semblait
correspondre et se confondre au flou ténébreux du
paysage qu'enveloppait la nuit, pour composer un
seul et même univers, une sorte de monde surnaturel et symbolique qui n'était plus d'ici. Un monde
d'une beauté ineffable et dont Shimamura se sentait
pénétré jusqu'au cœur, bouleversé même, quand
d'aventure quelque lumière là-bas, au loin dans la
montagne, scintillait tout à coup au beau milieu du
visage de la jeune femme, atteignant à un comble
inexprimable de cette inexprimable beauté.

Dans le ciel nocturne, au-dessus des montagnes,
le crépuscule avait laissé quelques touches de pourpre attardée et l'on pouvait encore distinguer, très
loin, sur l'horizon, là découpure des pics isolés.
Mais ici, plus près, c'était le défilé constant du même
paysage montagnard, complètement éteint maintenant et privé de toute couleur. Rien pour y retenir
l'œil. Il défilait comme un flot de monotonie, d'autant

plus neutre et d'autant plus estompé, d'autant plus vaguement émouvant qu'il courait pour ainsi dire sous les traits de la jeune femme, derrière ce beau visage émouvant qui semblait le rejeter tout autour dans une même grisaille. L'image même de ce visage, il est vrai, semblait si peu matérielle qu'elle devait être transparente elle aussi. Cherchant à savoir si elle l'était vraiment, Shimamura crut un moment voir le paysage au travers, mais les images passaient si vite qu'il lui fut impossible de contrôler cette impression.

L'éclairage, dans le wagon, manquait d'intensité, et ce que voyait en reflet Shimamura était loin d'avoir le relief et la netteté d'une image dans un vrai miroir. Aussi en vint-il facilement à oublier qu'il contemplait une image reflétée dans une glace, pris peu à peu par le sentiment que ce visage féminin, il le voyait dehors, flottant et comme porté sur le torrent ininterrompu du paysage monstrueux et enténébré.

Ce fut alors qu'une lumière lointaine vint resplendir au milieu du visage. Dans le jeu des reflets, au fond du miroir, l'image ne s'imposait pas avec une consistance suffisante pour éclipser l'éclat de la lumière, mais elle n'était pas non plus incertaine au point de disparaître sous elle. Et Shimamura suivit la lumière qui cheminait lentement sur le visage, sans le troubler. Un froid scintillement perdu dans la distance. Et lorsque son éclat menu vint s'allumer dans la pupille même de la jeune femme, lorsque se superposèrent et se confondirent l'éclat du regard et celui de la lumière piquée dans le lointain, ce fut comme un miracle de beauté s'épanouissant dans l'étrange, avec cet œil illuminé qui paraissait voguer sur l'océan du soir et les vagues rapides des montagnes.

Comment Yôko se fût-elle aperçue qu'on la regardait ? Toute son attention se fixait sur son compa-

gnon souffrant. Eût-elle même levé les yeux sur Shimamura, ne pouvant probablement pas apercevoir
son propre reflet dans la glace, jamais elle n'eût
pensé à se méfier de ce voyageur qui regardait tout
simplement par la fenêtre.

Shimamura, de son côté, ne songea pas un instant
qu'il pouvait être impoli, voire inconvenant, d'observer ainsi cette jeune personne sans la quitter des
yeux, tant il demeurait sous le charme à la fois irréel
et surnaturel du tableau qu'il avait sous les yeux,
séduit par l'étrange beauté de ce visage emporté à
travers le paysage nocturne. Il s'était oublié lui-
même, tout entier pris dans les magies de ce jeu et
ne sachant plus s'il rêvait ou non.

Aussi lorsqu'il l'avait vue se lever, à l'arrêt, et venir
interpeller le chef de poste, sans quitter pour autant
son air de gravité et de noblesse souveraine, son
premier sentiment le porta-t-il à penser moins à elle-
même qu'à quelque héroïne appartenant au fond
des âges, à quelque personnalité idéale du monde de
la légende.

La nuit et tout le paysage de la nuit avaient pris
possession de la fenêtre, qui avait perdu son charme
de miroir quand le train s'était arrêté. L'espèce de
froideur qu'il y avait chez Yôko en dépit de la chaleur avec laquelle elle prodiguait au malade ses soins
attentifs, il y avait un bon moment déjà que Shimamura en avait été pénétré et comme découragé. Et
lorsque le train s'était remis en route, il n'avait pas
pris la peine d'effacer de nouveau la buée qui cou-
vrait la fenêtre.

Quelle ne fut pas sa surprise, une demi-heure plus
tard, en constatant que la jeune femme et son compagnon allaient descendre à la même gare que lui ! Il
ne put s'empêcher de se retourner sur eux, comme
pour s'assurer que cette étrange coïncidence ne le
concernait pas malgré tout, personnellement. Mais

dès qu'il eut mis pied sur le quai, le froid brutal
réveilla sa conscience, et il se sentit honteux du
comportement grossier qu'il avait eu dans le train.
Sans jeter un regard derrière lui, il traversa les voies
en passant devant la locomotive.

Cramponné à l'épaule de la jeune femme, le malade
s'apprêtait à descendre à contre-voie quand un
employé, sur le second quai, leva le bras pour les
en empêcher.

L'interminable train de marchandises qui surgit
alors de l'obscurité défila lentement, les dissimulant
à la vue.

Avec ses protège-oreilles et ses hautes bottes de
caoutchouc, le porteur du *yadoya* [1], l'auberge où il
devait descendre, s'était si bien équipé contre le froid
qu'il ressemblait plutôt à un pompier par le costume.
De la salle d'attente, une femme en pèlerine bleue et
la tête encapuchonnée, guettait du côté des voies.

Faisait-il vraiment si froid ? Shimamura, à peine
au sortir du train bien chauffé, ne pouvait pas s'en
rendre compte. Et comme c'était la première fois
qu'il venait tâter de l'hiver au pays de neige, il ne
manqua pas d'être impressionné par l'extravagant
costume porté par les gens du pays.

« Ce sont déjà les grands froids ? demanda-t-il à
l'homme.

— C'est que nous voilà aux portes de l'hiver, si
l'on peut dire. Et quand le ciel se dégage après la
neige, c'est une nuit de froidure à n'en pas douter.
Vous pouvez être certain que ça va geler, cette nuit.

— Geler, dites-vous ? »

Et tout en prenant place avec lui dans le taxi,

---

1. Auberge à la japonaise, par opposition aux hôtels de style
international.

Shimamura eut un coup d'œil pour les fins glaçons qui bordaient le rebord des avant-toits. Le retrait profond des entrées, dans le blanc de la neige, semblait plus silencieusement profond encore. Tout avait l'air de se tapir dans le mutisme de la terre.

« On a vite fait de se rendre compte, à la réflexion, que le froid par ici n'est pas le même qu'ailleurs. Même au toucher, la réaction est différente.

— Plus de vingt au-dessous l'hiver dernier.

— Vous avez eu beaucoup de neige ?

— Deux à trois mètres en général, et plus de quatre mètres par moment. Voilà ce que je peux vous dire !

— Et c'est maintenant qu'il va commencer à neiger sérieusement ?

— Cela ne fait juste que commencer, oui. Il en est déjà tombé une bonne trentaine de centimètres, qui a fondu pas mal.

— Fondu ? Est-ce possible ? Il arrive donc que la neige fonde ?

— Mais comme nous voilà, il peut se mettre à nous en tomber une fameuse épaisseur du jour au lendemain, c'est moi qui vous le dis ! »

Le mois de décembre en était à ses premiers jours. Shimamura avait le nez bouché par un rhume tenace, mais le froid lui dégagea d'un seul coup les sinus et la moitié du cerveau ; il dut se moucher, libéré d'un seul coup et comme lavé de tout ce qui l'avait embarrassé jusque-là.

« La jeune femme qui habitait chez la maîtresse de musique est-elle toujours dans le pays ? demanda-t-il au portier.

— Bien sûr. C'était elle qui attendait à la gare. Vous ne l'avez donc pas vue ? Une pèlerine bleue, qu'elle avait...

— Ah ! c'était elle ? Je n'ai pas fait attention. Mais on pourrait peut-être lui demander de venir, non ?

— Ce soir même ?

— Oui, ce soir.

— C'est que j'ai entendu dire que le fils de la maîtresse de musique arrivait par le même train que vous. C'est pour l'attendre qu'elle était à la gare. »

Le fils de la maîtresse de musique ! Le malade qu'il avait contemplé dans son miroir de la nuit, le compagnon de voyage de Yôko : c'était le fils de la maison où logeait précisément la femme qu'il était venu rejoindre ! Shimamura se sentit comme électrisé, encore qu'il fût si peu frappé par le côté extraordinaire de la coïncidence, qu'il en vint, en définitive, à s'étonner de se sentir aussi peu étonné.

Une question était en lui, qu'il lisait aussi nettement que s'il la voyait écrite : qu'y avait-il et qu'allait-il se passer entre la femme dont sa main avait gardé le chaud souvenir et celle dont l'œil s'était trouvé illuminé par la lointaine lueur montagnarde ? Mais peut-être aussi qu'il ne s'était pas encore lui-même arraché aux magies du nocturne miroir et des charmes du paysage qui jouaient au-dessous... A moins qu'il fallût ne voir là qu'une sorte de vivant symbole de la fuite du temps.

A l'auberge de la source thermale, la clientèle était la moins nombreuse dans les quelques semaines avant l'ouverture de la saison de ski. Revenant de prendre son bain, Shimamura se trouva dans une maison où tout semblait dormir. Il s'avançait dans le long couloir, en éveillant à chaque pas sur le vieux plancher une vibration lointaine, qui faisait un instant trembler les carreaux des portes vitrées. Rien d'autre. Mais lorsqu'il eut tourné le coin, il découvrit, devant le bureau de l'auberge, la fine silhouette de la femme debout, dans son long kimono cassé en plis froids sur le plancher ciré, brillant et sombre.

Shimamura eut un sursaut en la voyant habillée

du kimono long. Etait-elle finalement devenue une geisha ? La jeune femme ne s'avança pas vers lui et ne marqua pas le moindre signe indiquant qu'elle l'eût reconnu. Sa silhouette immobile et silencieuse exprimait ainsi pour Shimamura une sorte de gravité concentrée. Vite, il s'approcha d'elle sans mot dire. Elle esquissa un sourire, tournant vers lui son visage lourdement poudré à la mode des geishas, que presque aussitôt vinrent mouiller les larmes. Sans parler, ils s'en furent vers sa chambre.

Après ce qu'il y avait eu entre eux, il ne lui avait pourtant pas écrit ; il n'était pas venu la voir non plus, et il ne lui avait pas envoyé les traités techniques sur la danse qu'il lui avait promis. Elle avait toutes raisons de croire qu'il s'était amusé d'elle et l'avait oubliée. Donc Shimamura lui devait des excuses et c'était à lui de parler le premier. Mais tandis qu'ils avançaient ainsi ensemble, sans parler, sans même échanger un regard, il avait compris que loin de lui en vouloir, elle avait le cœur tout joyeux, heureuse tout entière de le revoir. Parler n'eût servi à rien, sinon à trop appuyer sur ses propres manquements. Et Shimamura, déjà sous le charme, s'avançait dans un monde qui n'était que douceur heureuse. Au pied de l'escalier, tendant le bras, il lui mit sa main gauche ouverte sous les yeux.

« C'est elle qui a gardé de toi la meilleure mémoire.

— Oui ? » fit-elle en serrant cette main dans la sienne comme si elle eût voulu entraîner Shimamura en haut.

Refermée sur les doigts masculins, l'étreinte de la main féminine ne les libéra qu'au milieu de la chambre, devant le *kotatsu* [1]. La jeune femme avait sou-

---

1. Moyen de chauffage couramment en usage au Japon. Recouverte d'un épais coussin débordant, c'est une grande chaufferette, une sorte de meuble dans lequel on s'installe pour exposer mains et pieds, sous la couverture, à la chaleur d'un feu de braise.

dain rougi sous son fard, et, pour masquer son trouble sans doute, avec un geste vers la main de Shimamura :

« C'est elle qui s'est souvenue de moi ? demanda-t-elle.

— Pas la droite, non : celle-ci ! précisa-t-il en lui tendant, paume ouverte, la main gauche et glissant la droite dans le kotatsu pour la réchauffer.

— Je sais, oui », fit-elle avec un sourire retenu. Des deux mains, le geste tendre, elle porta la main de Shimamura contre sa joue en l'y appuyant douce-ment.

« Tu t'es souvenue de moi ? murmura-t-elle, comme en s'adressant rêveusement à la main.

— Oh ! comme ils sont froids ! s'exclama Shima-mura au contact de ses doigts avec ses cheveux coif-fés haut ; c'est la première fois que je touche une coiffure aussi glaciale.

— A Tokyo, vous n'avez pas encore de la neige en ce moment ? s'enquit-elle.

— Ce que tu disais l'autre fois, tu sais, lui déclara Shimamura : ce n'était réellement pas vrai. Sinon, qui s'aviserait, en pleine fin d'année, de venir se geler dans un coin pareil ? »

... L'AUTRE FOIS. C'était à l'ouverture de la saison d'alpinisme, quand tout danger d'avalanche est écarté ; quand il fait si bon courir la haute montagne qui vient de retrouver les verts nouveaux et les parfums exquis de son printemps ; quand les jeunes pousses d'akebi, déjà, vont cesser d'apparaître sur les tables pour agrémenter le menu.

Trop dilettante, en effet, et se perdant avec sa vie d'oisiveté, Shimamura cherchait parfois à se retrouver. Ce qu'il aimait alors, c'était de partir seul en montagne. Tout seul. Et c'était ainsi qu'il était arrivé un soir à la station thermale après une semaine passée en course dans la Chaîne des Trois Provinces. Il avait alors demandé qu'on lui fît venir une geisha ; malheureusement, à ce que lui dit la servante, on inaugurait ce jour-là une nouvelle route, et la fête organisée à cette occasion était d'une telle importance qu'il avait fallu ouvrir l'entrepôt qui servait aussi parfois de théâtre ; ce qui faisait, comme il pouvait bien penser, que les douze ou treize geishas du pays étaient plus que prises. Mais la demoiselle qui habitait chez la maîtresse de musique accepterait peut-être de venir, pensait-elle. Il lui arrivait quelquefois d'assister aussi aux fêtes ; seulement elle ne restait jamais jusqu'au bout. Après deux ou trois danses, elle rentrait chez elle.

Et comme Shimamura lui avait posé des questions sur cette jeune femme, la servante lui en avait appris davantage. Ce n'était pas une vraie geisha, non ; c'était une demoiselle qui logeait chez la maîtresse de musique, un professeur de danse et de *samisen* [1]. Mais on la sollicitait parfois et elle ne refusait pas son concours. Parce que les geishas du pays ne formaient aucune débutante et que presque toutes aimaient mieux ne pas avoir à exécuter de danse, craignant de n'être plus d'une jeunesse suffisante... Et c'est pourquoi on appréciait beaucoup sa participation. Elle ne consentait pour ainsi dire jamais à venir seule distraire quelque client de l'hôtel. Mais bien qu'elle ne fût pas une professionnelle, on ne pouvait pas non plus prétendre qu'elle ne travaillait qu'en amateur, ni la considérer comme telle.

Drôle d'histoire ! se dit Shimamura avant de penser à autre chose. Mais voilà qu'à peu près une heure plus tard, la servante revint et introduisit « la demoiselle qui loge chez la maîtresse de musique ». Shimamura eut un mouvement de surprise.

La servante allait quitter la pièce quand la jeune femme la rappela, lui disant de rester.

Quelle merveilleuse impression elle faisait, à force de propreté et de fraîcheur ! Un instant, Shimamura songea que tout son corps devait être d'une propreté irréprochable jusqu'au plus infime détail, et il alla même jusqu'à se demander si tant de pureté n'était pas une illusion de ses regards encore éblouis de la pure splendeur claire de l'été à peine naissant dans la montagne.

---

1. Instrument de musique à trois cordes dont jouent tradition-nellement les geishas.

Elle ne portait pas le kimono à traîne, et pourtant il y avait quelque chose dans sa façon de s'habiller qui suggérait la geisha. Elle s'était habillée assez correctement d'un kimono d'été, sans doublure ; mais l'obi qu'elle portait parut trop somptueux à Shimamura pour s'harmoniser avec le kimono ; peut-être même lui laissait-il une note un peu triste...

La servante, constatant que leur conversation s'était engagée sur le sujet des montagnes, en avait profité pour se retirer. Ils étaient donc seuls, mais comme elle n'était pas très affirmative quant au nom des sommets qu'on pouvait voir par la fenêtre, leur conversation tomba ; Shimamura n'avait aucune envie de boire. Enfin, la jeune femme en était venue à lui parler de son passé, ce qu'elle fit avec une aisance de ton et un détachement frappants.

Native de ce pays de neige, elle avait signé à Tokyo son engagement comme future geisha et n'avait pas tardé à trouver un protecteur qui l'avait libérée de sa dette et qui préparait à l'établir comme professeur de danse, quand, hélas ! à peine dix-huit mois plus tard, il était mort. Mais à partir de là, et comme elle approchait de l'existence qu'elle vivait à présent, elle se montra beaucoup plus discrète. Elle se sentait visiblement peu disposée à s'ouvrir sur cette partie de sa vie, sans doute la plus tourmentée. Elle avoua dix-neuf ans à Shimamura, qui lui en eût plutôt donné vingt et un ou vingt-deux.

N'ayant aucune raison de douter de sa sincérité, Shimamura, en apprenant son âge et en constatant qu'elle paraissait plus vieille que cela, sentit comme un soulagement et retrouva cette sorte d'aisance qu'il attendait de la présence d'une authentique geisha. La conversation venant à tomber sur le théâtre Kabuki, il s'aperçut qu'elle en savait beaucoup plus long que lui sur les acteurs et les différents styles, ce qui l'étonna. Elle se montrait plutôt volubile, parlant avec une sorte de hâte fébrile comme quelqu'un qui eût été longtemps privé de l'auditeur attendu. Sa réserve eut tôt fait de fondre, laissant apparaître chez elle une sorte de confiance, une libre facilité où, sans doute, il fallait reconnaître la femme qui a déjà reçu un enseignement suffisant et possède probablement une certaine expérience morale des hommes. Mais il n'empêche que Shimamura s'était senti d'emblée incapable de la ranger parmi les professionnelles. Il ne voyait plus en elle la femme dont les sept jours qu'il venait de passer en solitaire dans la haute montagne lui avaient fait désirer la compagnie. La jeune femme qu'il avait devant lui éveillait plutôt de sa part des sentiments d'amitié pure, et il se sentit heureux de la trouver digne de partager, au contraire, l'exaltation généreuse et quelque chose de la sérénité d'humeur qu'il avait acquises dans l'altitude.

Le lendemain dans l'après-midi, venue prendre son bain à l'établissement thermal que possédait l'auberge, la jeune femme avait posé ses affaires de toilette dans le couloir et était entrée pour bavarder avec Shimamura.

Elle n'avait pas encore pris place, qu'il lui demanda de faire venir une geisha.

« Pour vous, une geisha ?...

— Mais oui... Vous comprenez très bien ce que je veux dire !

— Je ne suis pas venue chez vous pour entendre une pareille demande ! » protesta-t-elle en rougissant intensément. D'un mouvement vif, elle s'était relevée pour aller se planter devant la fenêtre où elle resta à regarder les montagnes.

« Nous n'avons pas de femme de cette sorte ici, jeta-t-elle encore sans se retourner.

— Inutile de dire des stupidités.

— Mais c'est vrai ! »

Cette fois elle s'était retournée et lui faisait face, à demi assise sur le rebord de la fenêtre.

« Chez nous, les geishas sont libres et personne ne peut les obliger de faire ce qu'elles n'ont pas envie de faire. Je vous affirme que l'auberge ne s'en chargera pas. Mais rien n'empêche que vous fassiez venir une geisha et que vous vous arrangiez avec elle, si vous y tenez absolument.

— Non, non ! C'est vous qui allez le faire pour moi.

— Et qu'est-ce qui vous permet de croire que je vais accepter cela, je vous prie ?

— C'est que vous êtes une amie à mes yeux, et je tiens à ce que nous en restions là. Sans quoi, je me serais conduit tout autrement.

— Et c'est de bonne amitié, selon vous, de vous conduire comme vous le faites ? » lui lança-t-elle avec l'impétuosité naturelle et charmante de l'enfance.

Mais quelques instants plus tard, elle revenait à la charge, pleine de colère indignée :

« Dire que vous aviez pensé pouvoir me demander une chose pareille ! Ah ! c'est très bien ! Très bien, vraiment !

— Il n'y a pas là sujet de vous fâcher, affirma Shimamura. Je viens de passer toute une semaine en haute montagne et je me sens peut-être un peu trop de vitalité. Avec les idées que j'ai en tête, je n'arrive même pas à bavarder tout tranquillement avec vous ici, dans cette chambre, comme il me plairait. »

Les yeux baissés, la jeune femme ne souffla mot. Shimamura, au point où il en était, savait bien qu'il se montrait cynique en faisant, comme cela, l'aveu sans honte de ses exigences de mâle, mais il se disait par ailleurs que la jeune femme devait être suffisamment au fait de ces choses-là pour qu'elle n'eût pas à se choquer de son aveu. Il observa son visage, lui trouvant une chaleur sensuelle qu'on pouvait imputer, peut-être, à la longueur de ces cils magnifique-

ment fournis, que ses yeux baissés mettaient en
valeur.

Avec un léger mouvement de tête elle dit, rougissant encore :

« Faites venir la geisha de votre choix.

— N'est-ce pas justement ce que je vous demande
de faire ? Moi qui ne suis encore jamais venu ici,
comment saurais-je quelle est la plus plaisante ?

— Plaisante ? Qu'entendez-vous exactement par
là ?

— Eh bien, une jeune, disons. La jeunesse trompe
moins sur les apparences. Et qu'elle ne soit pas trop
bavarde, mais propre et sans trop d'esprit. Si j'ai
envie de conversation, je vous appellerai, vous.

— Je ne reviendrai jamais.

— Voyons, ne soyez pas stupide !

— Je vous dis que vous ne me reverrez pas. Pour
quelle raison me faudrait-il revenir ?

— Mais tout simplement parce que je tiens à ce
que nous soyons des amis. Je viens de vous expli-
quer que telle était la raison de ma conduite.

— Oh ! assez !

— Admettons que je me laisse aller avec vous.
Qu'arrivera-t-il ? J'aurai probablement perdu dès le
lendemain toute envie de m'entretenir avec vous ; de
seulement vous revoir me serait pénible. Il m'a fallu
venir dans les montagnes pour retrouver le besoin
de parler avec le monde, comprenez-vous ? Et c'est
afin de pouvoir échanger des propos avec vous, c'est
pour que nous puissions parler ensemble que je ne
vous touche pas. Et puis ne faut-il pas un peu penser
à vous ? Il me semble que vous ne sauriez être trop
prudente avec les touristes... Ce ne sont que des gens
de passage.

— Oui, c'est vrai.

— Evidemment. Songez donc à vous-même. Que
vous trouviez à redire sur cette personne : c'est vous

qui refuseriez de me revoir après. Non, non, il vaut décidément beaucoup mieux que vous preniez sur vous de la choisir.

— Cela suffit ! Je ne vous écoute plus », fit-elle en se détournant avec brusquerie. Mais après un petit instant de réflexion elle reprenait :

« Vous avez peut-être un peu raison dans ce que vous dites.

— C'est l'affaire d'un simple moment, vous comprenez. Rien d'extraordinaire... Sans importance et sans lendemain.

— Oui, sans doute. C'est comme cela que l'entendent tous ceux qui viennent ici. Comme dans un port, où je suis née. Ce n'est qu'une station thermale, après tout : les visiteurs y passent un jour ou deux puis ils s'en vont. »

Complètement détendue tout à coup, chose inattendue, elle avait retrouvé toute son aisance de ton et d'allure :

« Les hôtes ne sont ici, pour la plupart, que des touristes. Je ne suis guère qu'une gamine, bien sûr, mais je connais forcément l'histoire à force d'en entendre parler. C'est le client qui ne vous dit rien, qu'on trouve sympathique sans raison visible, l'homme qui ne vous avoue pas sa tendresse quand pourtant vous la sentez bien, oui, c'est celui-là dont on garde le meilleur souvenir. Longtemps après qu'il vous a quittée, vous pensez encore à lui avec plaisir, paraît-il. Et si quelqu'un vous écrit, ce sera celui-là. »

D'un saut léger, elle quitta le rebord de la fenêtre pour s'installer sur la natte qui se trouvait à ses pieds. La jeune femme semblait plongée dans son passé ; et pourtant Shimamura la sentit plus proche que jamais. Il avait perçu dans sa voix une si désarmante candeur, un accent de spontanéité si direct qu'il en était troublé : il se sentait un peu coupable, avec le sentiment de l'avoir conquise trop facilement, presque malgré lui.

Il ne lui avait pourtant pas menti. Il lui était vraiment impossible de la considérer comme une professionnelle, et quelque désir qu'il eût d'une femme, ce désir n'était qu'un désir à satisfaire, rien d'autre et rien de plus. Il ne voulait pas se servir d'elle pour cela. Il voulait que la chose fût sans importance et qu'elle ne l'engageât d'aucune façon. Cette jeune femme avait à ses yeux quelque chose de trop propre. A l'instant même qu'il l'avait vue, il s'était senti incapable de la confondre avec les autres.

De plus, préoccupé par le problème des vacances et se demandant où il irait avec sa famille pour échapper aux chaleurs de l'été, Shimamura avait pensé à revenir dans ce coin de montagne. Il se disait que la jeune femme se trouvant, fort heureusement, n'être pas une professionnelle, serait une compagne excellente pour son épouse. Et pourquoi ne lui ferait-il pas donner des leçons de danse pour l'occuper ? Il envisageait la chose sérieusement. S'il prétendait ne vouloir que des rapports d'amitié avec elle, c'était qu'il avait ses raisons de préférer rester sur le bord, plutôt que de faire le grand plongeon.

Mais derrière tout cela agissait comme un charme et s'opérait une souveraine magie assez proche de celle qui l'avait séduit, dans le train, devant le miroir avec son fond de nuit. Sans doute Shimamura appréhendait-il les complications que pouvait entraîner une liaison avec une jeune femme de condition aussi imprécise ; mais c'était surtout à une sorte d'irréalité qu'il cédait, à cette curieuse sensation de transparence diaphane qu'elle avait suscitée en lui, si voisine de la poésie de l'étrange reflet qu'il avait vu dans la glace : ce visage émouvant de féminité et de jeunesse, qui flottait devant le paysage glissant du crépuscule et de la nuit.

C'était, au fond, le même air d'irréalité que respirait la passion de Shimamura pour la chorégraphie occidentale. Il était né et avait grandi dans le quartier du grand commerce de Tokyo, où il avait acquis, dès l'enfance, une connaissance familière du théâtre Kabuki. Etudiant, il s'était passionné surtout pour le répertoire de danse ou du drame mimé. Incapable de se satisfaire avant d'avoir positivement épuisé son sujet, il avait poussé ses savantes études jusqu'aux plus anciens documents, entretenant des relations amicales avec les maîtres renommés des écoles traditionnelles comme avec les artistes représentant les nouvelles tendances. Il écrivait des études et des critiques. Mais dans sa riche compétence, il ne devait pas tarder — on le comprendra aisément — à ressentir avec quelque amertume la décadence d'une tradition qu'un trop grand âge avait usée, sans pouvoir retenir néanmoins les inacceptables tentatives de pseudo-rénovateurs, dont les initiatives n'étaient guère faites que de complaisance. Il se trouvait donc au point où il lui eût fallu s'en mêler très directement, ainsi que l'en priaient avec insistance les plus jeunes notabilités du monde de la danse, quand brusquement son intérêt s'en détourna, pour se fixer tout entier sur le ballet occidental. Il ne voulut plus voir de danses japonaises ; et il se mit, au contraire, à recueillir études et documents, photos et articles : tout ce qu'il put trouver d'informations sur l'art de la danse en Occident et les diverses manifestations chorégraphiques, dont il collectionna précieusement les programmes et affiches en les faisant venir de l'étranger, non sans les mille difficultés et complications qu'il est facile d'imaginer. A vrai dire, il y avait plus qu'une simple curiosité dans cette nouvelle passion pour la chose inconnue et lointaine : il y avait que Shimamura goûtait un plaisir plus pur et faisait ses suprêmes délices de ne pouvoir pas assister en personne aux réalisations, ni voir de ses propres yeux les danseurs occidentaux danser le ballet à l'occidentale. Car jamais il ne voulut rien voir de ce que les Japonais pouvaient monter dans ce domaine. Rien de plus satisfaisant, pour lui, que d'écrire sur le ballet et traiter de l'art chorégraphique en ne s'appuyant que sur une pure érudition livresque. Ce ballet qu'il n'avait jamais vu devenait pour lui comme un art idéal, un rêve d'un autre monde, le paradis de l'harmonie et de la perfection suprêmes, le triomphe de la pure esthétique. Bien que ce fût sous le couvert d'études et de travaux de recherches, c'était en réalité son rêve que Shimamura poursuivait au-delà des images et des livres occidentaux. Pourquoi risquer de se heurter à des réalisations décevantes, affronter le ballet concrétisé en spectacle, alors que son imagination lui offrait le spectacle incomparable et infini de la danse rêvée ? Il jouissait inépuisablement de délices insurpassables à l'instar de l'amant idéal, cet amoureux sublime et platonique qui n'a jamais rencontré l'objet de sa flamme. Mais là ne s'arrêtaient pas toutes les satisfactions que Shimamura tirait de cette disposition particulière, car s'il faut tout dire, l'oisif qu'il était ne se voyait pas sans déplaisir accéder au monde littéraire, encore qu'il ne prît vraiment au sérieux ni les travaux qu'il publiait de temps à autre, ni leur auteur.

Cela dit, c'était sans doute depuis bien longtemps la première fois que ses compétences lui avaient effectivement servi à quelque chose, puisqu'elles lui avaient permis, dans la conversation, de gagner en intimité de sentiment avec la jeune femme dont il venait de faire la connaissance. Mais peut-être aussi qu'à son insu Shimamura s'était d'autant plus senti porté à la considérer sous le même angle que la danse.

A voir combien elle s'était émue de ses paroles inconsidérées d'un touriste qui ne fait que passer pour repartir le lendemain, Shimamura avait eu un peu honte, comme s'il eût abusé de sa candeur ou joué frivolement d'un cœur profond et sincère. Mais il n'en laissa rien paraître et reprit :

« Il se peut que je vienne avec les miens ici et que nous tous soyons amis.

— Oui, oui, j'ai compris, dit-elle d'une voix moins pointue, en esquissant un sourire où transparaissait quelque chose de l'enjouement de la geisha. Après tout, je préfère cela de beaucoup. Quand on s'en tient à l'amitié, les choses durent plus sûrement.

— Alors, vous allez me chercher quelqu'un ?

— A cette heure-ci ?

— A cette heure-ci.

— Mais qu'est-ce que vous voulez raconter en plein jour à une femme ?

— Attendre le soir, c'est risquer d'avoir quelqu'un dont personne d'autre n'aura voulu.

— Vous prenez donc notre station thermale pour un de ces endroits ordinaires ! J'aurais pensé qu'un simple coup d'œil sur le village vous eût permis de faire la différence », remarqua-t-elle encore avec amertume, et avec un certain accent de gravité qui révélait combien elle se sentait blessée.

Sur les doutes que se permit Shimamura quand elle lui eut réaffirmé, aussi catégoriquement que la première fois, que les geishas d'ici n'étaient pas des femmes comme il l'imaginait, elle eut un mouvement de colère à nouveau, puis se contint. Après tout, lui dit-elle, la geisha n'avait qu'à décider elle-même si elle voulait ou non rester pour la nuit. Qu'elle le fasse de sa propre initiative, c'était sous sa seule responsabilité ; mais qu'elle reste au contraire avec la permission de la maison à laquelle elle était atta-

chée, c'était alors à sa maison d'assumer les responsabilités. Voilà la différence.

« Les responsabilités ? questionna Shimamura.

— Oui, quant aux éventuelles conséquences...
Maternité ou accidents de santé. »

S'apercevant de la stupidité de sa question, Shimamura fit la grimace d'un sourire. À tout prendre,
ici, dans ce coin de montagne, les dispositions prises
entre la geisha et son maître offraient évidemment
certaine commodité...

Avec sa sensibilité égocentrique de désœuvré, Shimamura possédait peut-être une sorte d'instinct qui
l'initiait, mieux que d'autres, à la nature profonde
des endroits où il se trouvait. Sans trop se laisser
prendre aux premières apparences, il en devinait le
caractère intime et vrai, que l'extérieur ne laisse pas
toujours apparaître. En tout cas comme il descendait de ses montagnes, il s'était dit que le village en
question ne devait pas manquer d'agrément et de
confort sous ses airs de rustique simplicité, et il ne
s'était pas trompé, en effet, puisqu'à l'auberge, il
avait bientôt appris que c'était un des villages les
plus prospères de ce rude pays de neige. Jusqu'à la
récente ouverture de la ligne de chemin de fer, la
source thermale n'était guère fréquentée, et pour des
raisons médicales, que par des gens des environs.
Aussi la maison où se trouvait à demeure une geisha
se présentait-elle, derrière son enseigne délavée,
comme un salon de thé ou quelque restaurant où la
clientèle devait être plutôt rare, à en juger par les
portes à glissière de style ancien et l'opacité de leurs
papiers huilés, noircis par l'âge. La petite épicerie-
mercerie et le marchand de gâteaux avaient peut-être
aussi leur geisha mais le propriétaire devait sûrement
posséder une petite ferme dans les environs, en sus
de la boutique et de sa geisha. Nulle geisha ne devait
donc se formaliser de voir, de temps à autre, parti-

ciper aux soirées une fille qui ne fût pas une geisha sous contrat ; sans compter que la jeune personne en question habitait chez leur maîtresse de musique.

« Combien sont-elles en tout ? demanda-t-il.

— Les geishas ? Oh ! douze ou treize.

— Et laquelle me conseillez-vous ? insista Shima-mura en se levant pour sonner la servante.

— Je vous prie de m'excuser, dit-elle ; mais si vous le permettez, je vais me retirer.

— Je ne le permets pas du tout, protesta Shima-mura.

— Mais je ne puis rester, soupira-t-elle comme en faisant effort pour ne pas se sentir humiliée. Je vais m'en aller. Mais cela ne fait rien. Je ne suis pas fâchée. Je reviendrai. »

A l'arrivée de la servante, pourtant, elle reprit place sur la natte et fit comme si de rien n'était. Néanmoins la servante eut beau demander à plusieurs reprises qui elle devait faire chercher, la jeune femme ne consentit jamais à prononcer un nom.

La geisha qui arriva bientôt pouvait avoir dans les dix-sept ou dix-huit ans. Au premier regard jeté sur elle, Shimamura connut que son désir s'était obscurément éteint. Elle avait des bras d'une gracilité d'adolescente, soulignée encore par le creux sombre des aisselles, et sa personne entière disait qu'elle était une bonne petite fille qui manquait de maturité. Cherchant par tous les moyens à lui cacher sa déconvenue, Shimamura se comporta comme il convenait, encore qu'il ne parvînt pas à détourner son regard des rafraîchissantes frondaisons qu'il apercevait par la fenêtre, derrière elle, sur la pente de la montagne. Engager une conversation avec cette fille ? Parler avec cet échantillon parfait de la geisha des montagnes ? Non, c'était trop lui demander !...

Morne, épais, accablant fut le silence qui tomba entre eux. Et lorsque l'autre, sa première compagne, s'en alla, pensant probablement faire preuve de tact et de délicatesse, l'échange des paroles entre la geisha et lui n'en devint que plus difficile.

Shimamura avait réussi malgré tout à passer quelque chose comme une heure en compagnie de la geisha. En quête d'un prétexte pour se débarrasser d'elle, il lui revint que de l'argent devait lui avoir été expédié télégraphiquement de Tokyo.

« Il faut que j'aille jusqu'à la poste avant la fermeture », lui expliqua-t-il, après quoi ils n'eurent plus, l'un et l'autre, qu'à quitter la chambre.

A peine Shimamura eut-il franchi le seuil de l'auberge, que la montagne et son air parfumé de toute la végétation nouvelle exercèrent sur lui leur charme irrésistible. Il partit sur la pente, riant comme un fou sans savoir pourquoi et grimpant comme un forcené.

Essoufflé et sentant dans ses membres une fatigue agréable, il s'arrêta brusquement, fit demi-tour, glissa le bas de son kimono dans sa ceinture et redescendit à toutes jambes droit devant lui. Ses yeux avaient suivi le vol fou de deux papillons jaune d'or surgis au-dessous de lui, et bientôt tout blancs quand il les vit contre le ciel, tournoyant au loin, très haut, pardessus la ligne des crêtes.

« Qu'est-ce qu'il vous arrive ? Il faut que vous soyez bien heureux pour rire ainsi aux éclats ! »

C'était la voix de la jeune femme qui se tenait dans l'ombre des grands cèdres.

« J'ai tout planté là ! annonça Shimamura, repris par son envie de rire. J'ai tout planté !

— Oh !... »

La jeune femme se retourne et s'enfonce avec lenteur sous le couvert des arbres. Shimamura la suit sans mot dire. Ce bois de cèdres était celui d'un petit temple, et la jeune femme se laissa tomber sur une pierre plate, sous la gueule moussue des gardiens-animaux placés devant l'entrée du sanctuaire.

« Ici, il fait toujours frais. Même au cœur de l'été on y a de la brise.

— Est-ce que les geishas lui ressemblent toutes ?

— Un peu, oui, j'imagine. Parmi les moins jeunes, il y en a peut-être deux ou trois qui ne manquent pas de charme. Mais puisque tel n'était pas votre goût... »

Elle avait parlé sans chaleur, la tête baissée, fixant le sol. Le vert ombreux des cèdres paraissait se couler sur sa nuque.

Shimamura, le regard levé vers les hautes branches, lui confia :

« C'est curieux, mais vraiment je n'en ai plus aucune envie. On dirait que toute mon ardeur m'a quitté. »

Le fût des cèdres, derrière le rocher où elle avait pris place, s'élançait en un jet sans défaut et à une hauteur telle, qu'il lui fallait se pencher en arrière et s'adosser au roc pour le suivre des yeux jusqu'à la cime des arbres. Le ciel demeurait invisible, caché par l'écran presque noir des cèdres alignés serrés, mêlant leurs branches et étalant leurs aiguilles vertes et denses. Le silence et la paix montaient comme un cantique. Avec un sentiment étrange, Shimamura remarqua qu'il s'était adossé contre le plus vieux des arbres, un tronc qui n'avait que des branches mortes et cassées du côté nord, sans qu'il sût très bien pourquoi, le hérissant sur toute sa hauteur d'un terrifique alignement de moignons agressifs et de lances pointées comme pour en faire une arme féroce dans la main d'un dieu.

« C'est une erreur de ma part, avoua-t-il avec un léger rire. Comme je vous avais vue, vous, quand j'arrivais à peine de mon séjour en haute montagne, je me suis imaginé que toutes les geishas d'ici seraient comme vous ! »

Qui sait même si l'impression extraordinaire de fraîcheur et d'extrême netteté qu'elle lui avait faite, se demanda Shimamura tout en parlant, n'était pas à l'origine de cette envie qu'il avait eue, si brusquement, de se libérer au plus vite de l'excès de forces qu'il avait emmagasinées durant ses huit jours d'excursions solitaires en montagne ?

La jeune femme regardait fuir les eaux du torrent, là-bas, dans la lumière du soleil qui commençait à descendre. Shimamura ne se sentait pas très fier de lui.

« Oh ! j'oubliais, lança-t-elle tout à coup avec une légèreté forcée, je vous avais pris votre tabac. Tout à l'heure, en voulant revenir dans votre chambre, je me suis aperçue que vous étiez sorti et je me demandais ce que vous aviez bien pu devenir, quand, de la fenêtre, j'ai vu que vous grimpiez la montagne à une allure folle. Ah ! ce que vous pouviez être drôle à voir !... Et votre tabac, vous l'aviez laissé là-bas. Je vous l'ai rapporté. »

Elle tira le tabac de la manche de son kimono et frotta une allumette pour lui.

« Je ne me suis pas montré bien gentil avec cette malheureuse fille.

— C'est le client qui décide, après tout, s'il lui convient de laisser la geisha partir. »

Dans ce silence paisible, le chant du torrent, là-bas, sur son lit de cailloux, leur arrivait comme une musique ronde et feutrée. Par-delà, sur le flanc raide de la montagne dont ils voyaient la pente monter entre les découpures élégantes des branches des cèdres, l'ombre se fonçait peu à peu dans les creux.

« A moins qu'elle ne vous égalât en tout, je m'exposais à me sentir frustré rétrospectivement, dès que je me serais retrouvé en votre présence.

« — Laissez donc et ne m'en parlez plus, trancha-t-elle. Tout ce qu'il y a, c'est que vous ne voulez pas admettre votre erreur. »

Sa voix s'était faite un peu dédaigneuse, ce disant, mais il n'empêche qu'un nouveau lien, une sorte d'affection plus tendre les embrassait.

Il ne fit plus aucun doute, pour Shimamura, qu'il n'avait en réalité désiré qu'elle seule depuis le commencement, mais qu'il avait cherché mille còmplications comme toujours, plutôt que de la reconnaître bien franchement sans se payer de mots ; et plus il se prenait lui-même en dégoût, plus la jeune femme, par contre, lui apparaissait dans toute sa beauté. Déjà, quand elle lui avait adressé la parole, debout, dans l'ombre des cèdres, il s'était senti pénétré comme d'un souffle rafraîchissant par sa présence.

Son nez délicat et haut, avec un petit air d'horphelin dans son visage, vous émouvait avec un rien de mélancolie, qu'effaçait aussitôt la fleur de ses lèvres en leur bouton tantôt serré, tantôt épanoui par un chaud mouvement qui avait une grâce de vie animale et gourmande. Même alors qu'elle ne disait rien, ses lèvres vivaient et se mouvaient, semblait-il, par elles-mêmes. Craquelées ou ridées, ou seulement d'un vermillon moins vif, ces lèvres eussent pu avoir quelque chose de morbide ; mais leur couleur avait tout le velours de la douceur et l'éclat de la belle santé. La ligne de ses cils, ni incurvée ni relevée, lui coupait les paupières d'un trait si droit qu'il eût paru bizarre, humoristique même, s'il n'avait pas été, comme il l'était, délicatement contenu et presque enveloppé par la soie courte et drue de ses sourcils. Le volume de son visage un peu aquilin et très arrondi n'avait, en soi, rien de remarquable. Mais avec sa carnation de porcelaine exquisement teintée de rose, avec sa gorge virginale et ses épaules juvé-

niles qui allaient prendre encore un rien de plénitude, elle produisait une telle et si pure impression
de fraîcheur qu'elle avait tout le charme de la beauté,
même si elle n'était pas absolument une beauté. Pour
une femme généralement serrée dans le large obi
que portent les geishas, elle avait une poitrine assez
développée.

« Voici les moustiques qui sortent », remarqua-
t-elle en tapant de la main le bas de son kimono pour
les chasser.

Perdus dans la quiétude profonde de ce lieu, ils
ne trouvaient pas grand-chose à se dire.

Vers les dix heures peut-être, ce même soir, la
jeune femme avait appelé Shimamura en lançant son
nom à pleine voix dans le couloir. L'instant d'après,
elle venait s'affaler dans sa chambre, devant la table,
chavirant comme si elle avait été poussée. D'un geste
aveugle, son bras bouscula tout ce qui se trouvait
devant lui. Elle se remplit un verre d'eau, qu'elle but
à grandes gorgées.

Il lui avait fallu sortir, dit-elle, pour tenir compagnie à quelques excursionnistes redescendus, ce soir-
là, de la montagne : des relations de l'hiver précédent, pendant la saison de ski. Ces hommes l'avaient
invitée à l'auberge et s'étaient amusés, avec les
geishas qui participaient à leur soirée tumultueuse,
à la faire boire pour l'enivrer.

La tête vague et dodelinante, elle avait commencé
à parler comme pour ne plus jamais s'arrêter. Puis
elle avait soudain repris conscience et, recouvrant
ses esprits :

« Je reviendrai, dit-elle. Je ne devrais pas être ici.
Ils vont me chercher. Je reviendrai plus tard. »

Sur quoi, elle sortit en vacillant de la chambre.
A peu près une heure plus tard, Shimamura enten-

dit des pas incertains qui s'avançaient péniblement dans le long corridor : une démarche titubante qui devait zigzaguer d'une paroi à l'autre, trébucher, repartir.

« Shimamura ! Shimamura ! Je n'y vois plus clair, appela-t-elle. Shimamura ! »

C'était un appel dépouillé de tout artifice, un véritable cri du cœur, si nu, si net, si clairement le recours d'une femme à son homme au-delà de toute considération, que Shimamura en fut bouleversé. Il se leva en toute hâte. Nul doute que cette voix perçante dût retentir d'un bout à l'autre de l'hôtel.

Ses doigts avaient passé à travers le panneau de papier tandis qu'elle s'accrochait au montant de la porte avant de se laisser tomber sur lui.

« Ah ! vous voilà... »

Elle ne tenait pas debout et s'agrippait à lui, se serrait contre lui tout en parlant :

« Je ne suis pas ivre. Non, je ne suis pas ivre, je vous dis. Mais ça cogne, ah ! ça cogne ! Si seulement ça ne faisait pas si mal... Je sais exactement ce que je fais. Donnez-moi de l'eau. De l'eau, c'est ce qu'il me faut. Le mélange des alcools, voilà ce qui fait du mal. Je n'aurais pas dû mélanger. C'est cela qui vous tape dans la tête et qui fait mal. Oh ! ma tête !... Ils avaient une bouteille de mauvais whisky. Comment pouvais-je savoir que c'était du whisky au rabais ?... »

Les poings fermés, elle se serrait le front.

Dehors, le battement de la pluie avait pris plus d'intensité soudain.

Shimamura, pour la retenir, dut la serrer si fort dans ses bras que le haut chignon de la jeune femme s'écrasait contre sa joue. Si peu qu'il relâchât son étreinte, il sentait qu'elle allait s'écrouler sur le sol. Tandis qu'il nouait étroitement ses bras autour d'elle, il glissa tendrement sa main sous le col du kimono.

Elle ne répondit pas à ses avances et, bras croisés,

défendit à la main de Shimamura l'approche de ses seins. Prise tout à coup d'un sursaut de colère contre son propre bras qui, apparemment, ne faisait pas ce qu'elle voulait, elle l'invectiva et le mordit cruellement :

« Qu'est-ce que c'est que cela ? Je vais t'apprendre ! Fainéant ! Propre à rien ! Tu vas voir ! »

Shimamura eut un recul de stupéfaction. Sur le bras de la jeune femme, il voyait la marque profonde du coup de dents. Mais elle avait cessé en même temps de se défendre, et elle se mit, du bout du doigt, à dessiner des caractères : elle allait lui dire quels étaient les gens qu'elle aimait, lui assura-t-elle. Il y eut tout d'abord le nom de quelque vingt ou trente acteurs, et puis ce fut celui de Shimamura, encore Shimamura, le nom de Shimamura répété sans fin.

Sous la paume de Shimamura se gonflait une tiédeur exquise.

D'une voix apaisante, il lui répétait tendrement : « Là ! Là ! C'est fini. C'est fini maintenant... » Emu, il lui trouvait quelque chose de maternel.

Mais voilà que, dans sa pauvre tête, la douleur de nouveau s'était déchaînée. Elle se plia sous la souffrance et, tournoyant sur elle-même, elle alla s'abattre à l'autre bout de la chambre en gémissant :

« Cela ne s'arrange pas... pas du tout. Oh ! je me sens mal... Je veux rentrer. Rentrer chez moi...

— Jamais vous ne serez capable de faire tout ce chemin ! Et puis écoutez comme il pleut !

— Pieds nus, en rampant, j'irai chez moi. Il faut que je rentre.

— Un peu risqué, vous ne pensez pas ? Je vous ramènerai, s'il faut absolument que vous partiez. »

La route qui descendait de l'auberge au village dévalait la pente raide de la montagne.

« Et si vous essayiez de desserrer un peu votre

ceinture pour vous reposer un peu ? Je suis sûr que vous ne tarderiez pas à vous sentir assez bien pour rentrer chez vous.

— Non, non. Voilà ce qu'il faut faire : je sais. Je connais bien cela. »

Elle s'était relevée à demi, le buste bien droit, pour aspirer l'air à pleins poumons, non sans effort et non sans souffrir visiblement. Elle avait un peu mal au cœur, avoua-t-elle bientôt à Shimamura, avant d'ouvrir la fenêtre derrière elle et s'y penchant pour essayer de vomir, mais en vain. Elle luttait désespérément pour ne pas se laisser rouler au sol, pour ne pas sombrer tout à fait. Et chaque fois qu'elle parvenait à se reprendre un peu, c'était pour répéter inlassablement : « Je vais rentrer chez moi ! Il faut que je rentre ! » — tant et si bien qu'il fut plus de deux heures du matin.

« Allez vous coucher ! Mais allez donc vous remettre au lit puisqu'on vous le dit ! insista-t-elle alors.

— Et vous, qu'est-ce que vous allez faire ? s'inquiéta Shimamura.

— Rester comme je suis. Dès que je me sentirai un peu mieux, je rentre à la maison. Je rentrerai avant la pointe du jour. »

A quatre pattes, elle se traîna vers lui et le tira.

« Allez, je vous dis, recouchez-vous ! Ne vous occupez pas de moi. Dormez tranquillement. »

Shimamura regagna sa couche. Tant bien que mal, elle s'était penchée en avant sur la table, absorbant un autre verre d'eau.

« Debout ! commanda-t-elle devant le lit. Levez-vous quand on vous en prie ! »

Shimamura lui demanda ce qu'elle voulait exactement qu'il fît.

« Qu'est-ce que j'ai dit ? Vous n'aviez qu'à dormir.

— Vous ne vous montrez pas très raisonnable, vous savez », fit Shimamura en l'attirant à lui.

En se couchant à côté de lui, elle avait tout d'abord détourné de lui son visage. L'instant d'après, dans un élan farouche, elle lui tendait ses lèvres.

Combien de fois répéta-t-elle ensuite, comme dans un délire où elle eût voulu lui exprimer toute sa peine, interminablement les mêmes mots :

« Non, oh non !... N'avez-vous pas dit que nous devions rester amis ? »

Shimamura n'aurait su le dire. Mais il y avait dans sa voix un tel accent de gravité, un sérieux si poignant qu'il en fut touché au plus vif de son désir, au point même qu'il songea un moment à tenir sa promesse, en lui voyant cette expression tendue et ce front contracté sous l'effort désespéré qu'elle faisait pour retrouver son sang-froid, réacquérir la possession d'elle-même.

« Pour moi, murmurait-elle, je n'aurai pas de regret. Je n'en aurai jamais aucun. Mais je ne suis pourtant pas une femme comme cela... Une aventure sans lendemain... qui ne peut pas durer... C'est vous-même qui me l'avez dit, non ? »

Elle flottait encore à demi dans les vapeurs de l'alcool.

« Pas de ma faute à moi. C'est de la tienne. C'est toi qui as joué et perdu... Toi, le faible. Pas moi. »

Elle connut dans l'instant une sorte de transe, mordant sa manche avec fureur comme pour lutter encore contre le bonheur, rageusement, rejeter la félicité.

D'un long moment elle ne parla plus, détendue et paisible, vidée de tout sentiment, semblait-il. Puis elle dit, comme frappée soudain d'une pensée remontée du fond de sa mémoire :

« Vous vous amusez, n'est-ce pas ? Vous vous amusez de moi !

— Pas du tout.

— Au fond, tout au fond du cœur, vous vous amusez de moi ; et même si ce n'est pas vrai en ce moment, ce sera vrai plus tard. »

Ses yeux s'étaient mouillés de larmes et elle se détourna pour se cacher le visage dans l'oreiller. Ses sanglots s'apaisèrent et bientôt, dans une tendre confidence où elle semblait vouloir se donner à lui plus encore, sans rien cacher, elle se prit à tout lui raconter d'elle. Ses maux de tête étaient oubliés, semblait-il. De ce qu'il venait de se passer, elle ne dit mot.

« Oh ! comme le temps a passé ! Je parle, je parle, et je ne m'occupe pas de l'heure, s'excusa-t-elle avec un timide sourire. Il fait encore nuit, mais il faudra que je parte avant l'aube. Les gens d'ici se lèvent de bonne heure. »

Plusieurs fois elle se releva pour aller jeter un coup d'œil à la fenêtre.

« J'ai encore le temps. Il fait encore assez sombre pour que personne ne puisse me voir. Et puis il pleut : nul ne sortira ce matin pour aller aux champs. »

Elle n'avait pas envie de s'en aller ; et quand le petit jour vint dessiner la crête vague des montagnes estompées sous la pluie, puis dégager l'arête des toits sur la pente, parmi les arbres, elle ne s'était toujours pas décidée. Finalement ce fut l'heure des premiers bruits dans l'auberge, quand les servantes se lèvent et se mettent au travail. Vite, elle refit un peu sa coiffure et s'esquiva soudain, s'envola plutôt, non sans avoir vivement empêché Shimamura de l'accompagner à la porte, comme il en avait l'intention.

Il ne fallait pas qu'on les vît ensemble.

Le jour même, Shimamura avait regagné Tokyo.

« . . . .
... — Ce que tu disais l'autre fois, tu sais, ce n'était
réellement pas vrai. Sinon qui s'aviserait, en pleine
fin d'année, de venir se geler dans un coin pareil ?
Non, je ne me suis pas amusé de toi. »

La jeune femme lève la tête. Sa joue est un peu
rouge au-dessous des yeux où elle vient de presser
la paume de Shimamura, rouge malgré le fard qui
lui poudre de blanc tout le visage. Shimamura songe
au pays de neige, à sa froidure. Mais il lui trouve
aussi quelque chose de chaud, sans doute à cause
du noir profond de ses cheveux.

Elle a un doux sourire, comme sous l'éclat d'une
lumière éblouissante. Et sans doute avec ce sourire
a-t-elle pensé à « l'autre fois », car il la voit s'empourprer peu à peu, comme si son corps entier s'embra-
sait à mesure à la chaleur des mots qu'il lui a dits.
Car elle s'est penchée en avant, inclinant un peu la
tête avec quelque raideur, et il a pu voir son dos
rougissant, sous le kimono légèrement écarté. La
nuque et tout ce qu'il aperçoit de cette chair trou-
blante, et plus voluptueuse encore sous la masse
sombre des cheveux qui la met en valeur par contraste ; dans son chaud frémissement sensuel, il

croit l'avoir nue devant lui. Ses cheveux ? Non, ils n'ont pas, à vrai dire, une telle richesse par leur excès de densité : c'est plutôt par leur vitalité, par cette fermeté un peu masculine qu'ils lui font cette haute coiffure impeccable, stylisée à l'ancienne mode et sans le moindre petit défaut, aussi lisse qu'une laque, dressée si fièrement qu'on la dirait casquée d'une solide sculpture de pierre noire.

Cette chevelure, Shimamura la contemple et s'étonne. Il se demande à présent si le froid qui l'a tant surpris, au premier contact, ne serait pas moins un effet de l'hiver dans ce pays de neige qu'une qualité propre des cheveux. La jeune femme, pendant ce temps, s'était mise à compter quelque chose sur ses doigts, n'en finissant plus.

« Qu'est-ce que tu comptes ? » lui demande-t-il.

Mais elle n'interrompt pas son calcul.

« C'était le vingt-trois mai, finit-elle par dire.

— On faisait le total des jours ? plaisante Shimamura, certain d'avoir deviné. Juillet et août sont deux mois de trente et un jours qui se suivent, n'oublie pas !

— Cela fait le cent quatre-vingt-dix-neuvième jour aujourd'hui. Exactement cent quatre-vingt-dix-neuf.

— Tu es sûre de la date ? Comment te rappelles-tu que c'était le vingt-trois mai ?

— Un simple coup d'œil à ce que j'ai consigné dans mon journal. Tout y est.

— Tu tiens un journal ?

— Il est toujours amusant de relire un journal ancien. Seulement je ne cache rien et il m'arrive parfois de prendre honte de moi-même.

— Quand l'as-tu commencé ?

— Juste avant mon départ pour Tokyo afin de faire l'apprentissage du métier. Je n'avais vraiment pas d'argent, et je me suis acheté un simple calepin de quatre sous, que j'ai bourré de la première à la dernière page, en colonnes serrées. Il fallait que j'eusse un crayon bien taillé, car ces colonnes sont régulièrement séparées de traits fins, tirés à la règle. Plus tard, lorsque j'ai pu acheter de quoi tenir un vrai journal, cela n'a plus été la même chose. Je ne faisais que gaspiller des pages. Il en avait été de même pour la calligraphie, d'ailleurs. Au commencement, je m'exerçais sur du papier journal, tandis qu'aujourd'hui j'écris tout directement sur du bon papier en rouleaux sans même y songer.

— Ce journal, tu l'as toujours tenu sans discontinuer ?

— Oui. L'année de mes seize ans et cette année-ci ont été les meilleures. J'ai l'habitude de m'y mettre avant de me coucher, quand je rentre, et je m'endors parfois dessus en écrivant : je retrouve les endroits à la relecture ; on les reconnaît tout de suite... Il y a aussi des jours que je passe sans rien noter. Ce n'est pas régulier. Parce qu'ici, en montagne, les sorties sont toujours un peu pareilles. Alors que dire ? Mais cette année, par contre, je me suis procuré un cahier avec une page pour chaque jour et j'ai eu tort. Il suffit que je me mette à écrire pour ne plus pouvoir m'arrêter. »

S'il n'apprit pas sans surprise qu'elle tenait son journal, Shimamura s'étonna plus encore quand il sut qu'elle y consignait régulièrement ses lectures depuis sa quinzième ou seizième année, et qu'elle en avait à présent dix cahiers pleins.

« Tu y relèves également tes critiques ? s'enquit-il.

— Oh ! j'en serais bien incapable, protesta-t-elle. Je note le nom de l'auteur, quels sont les personnages et leurs rapports. C'est tout.

— Mais à quoi bon cet effort ? Quel profit en tires-tu ?

— Rien. Rien du tout.

— Et tout cela à peine perdue ?

— Mais oui, absolument en pure perte ! » avoua-t-elle légèrement et sans qu'il parût lui en coûter. Pourtant c'était un regard grave qu'elle posait sur Shimamura.

Tout cet effort gratuit ! Il y avait là quelque chose sur quoi Shimamura, inconsciemment, voulait insister un peu ; mais comme il se penchait vers elle, un sentiment de paix l'envahit, une détente profonde comme s'il eût cédé sous la voix, imperceptible de la neige qui tombe. Ce n'était pourtant pas chez elle un effort parfaitement gratuit, il s'en rendait bien compte en réalité ; mais sa constance avait quand même quelque chose de pur ; et la vie tout entière, l'existence même de la jeune femme s'en trouvaient éclairées.

Encore qu'elle lui parlât de romans, sa conversation n'avait pas grand-chose à voir avec ce qu'on entend généralement par « littérature ». Les seuls rapports qu'elle pouvait avoir sur ce plan-là avec les gens du pays se bornaient à l'échange des brochures et autres magazines féminins ; pour le reste, il lui fallait cultiver seule son goût de la lecture, au petit bonheur et sans aucun discernement, sans choix, sans la moindre préoccupation littéraire, en se procurant jusqu'aux revues et autres brochures que les clients de l'auberge pouvaient laisser dans leur chambre. Beaucoup des noms d'auteurs qu'elle citait à Shimamura lui étaient, à lui, parfaitement inconnus ; et il l'écoutait un peu comme si elle lui eût parlé d'une littérature à la fois étrangère et lointaine. Elle s'exprimait certes avec animation, mais aussi comme du fond d'un infranchissable veuvage, si poignante dans sa solitude consentie : on eût dit d'un mendiant tombé dans la plus complète indifférence, un être au fond duquel tout désir serait mort. Et Shimamura se prit à songer, tout en l'écoutant, qu'avec ses propres rêveries sur le ballet occidental, il lui ressemblait assez par certains côtés. Lui aussi, il allait puiser au hasard d'ouvrages excentriques, suspendre à des mots étrangers, à des photographies lointaines, les images vagues et les spéculations abstraites dont il se berçait. — Ne lui parlait-elle pas de même, à présent, avec la chaleur de l'enthousiasme, de films ou de pièces de théâtre qu'elle n'avait jamais vus ?

Sans aucun doute, l'oreille complaisante qu'il lui prêtait, avait dû beaucoup lui manquer tout au long de l'été. Mais avait-elle oublié qu'une conversation de ce genre, exactement cent quatre-vingt-dix-neuf jours auparavant, avait éveillé son élan vers Shimamura ? Car voici qu'elle s'abandonnait de nouveau à son bavardage, maintenant, et que son corps tout entier semblait s'embraser à cette chaleur.

Son regret de la ville, en vérité, n'avait plus rien des amertumes de l'exil ; ce n'était plus qu'un grand rêve lointain, sans impatience ni désespoir : une douce rêverie humblement résignée. Elle-même n'avait pas l'air d'y trouver quelque tristesse ; et c'était là peut-être ce qui troublait le plus profondément Shimamura, si perméable, dans son émotion, à ce sentiment de l'effort gratuit, de la peine perdue, que pour un peu sa propre existence lui fût apparue sous un même jour de stérilité vaine. Par bonheur, il voyait devant lui le visage mobile et bien vivant de la jeune femme, avec cet air de santé et le teint coloré qu'elle devait au dur climat de l'altitude.

Il ne la considérait plus de la même façon, en tout cas. Il s'était rendu compte, non sans surprise, que son propre comportement devant elle n'était ni plus aisé, ni plus libre maintenant qu'elle était une geisha...

Elle était complètement ivre, le premier soir, quand elle avait cruellement enfoncé ses dents dans son bras aux trois quarts engourdi, soudain furieuse qu'il mît si longtemps à lui obéir. « Je vais t'apprendre ! Fainéant ! Propre à rien ! Tu vas voir ! »

Et plus tard, ne pouvant plus résister dans son combat contre elle-même et contre son ivresse, elle avait roulé bord sur bord : « Je n'aurai jamais aucun regret... Mais je ne suis pourtant pas une femme comme cela ! Je ne suis pas une femme de cette sorte ! »...

« C'est le train de minuit pour Tokyo », fit-elle.

On eût dit qu'elle avait perçu son hésitation et ne parlait que pour l'écarter. Au coup de sifflet du train, il la vit se relever d'un bond et s'en aller tout droit écarter les panneaux à glissière refermés devant la fenêtre, ouvrir la fenêtre elle-même pour se pencher sur le rebord, tout le corps rejeté sur la barre d'appui. Avec un bruit qui finit comme un gémissement du vent nocturne, le train s'évanouit dans le lointain. L'air glacé avait envahi la chambre.

« Mais c'est de la folie ! » lança Shimamura, en venant à son tour à la fenêtre.

La nuit se tenait immobile, figée, sans le moindre soupçon de brise, et le paysage se revêtait d'une austère sévérité. On avait l'impression qu'un grondement sourd, dans le sol, répondait au crissement du gel qui resserrait la neige partout, sur l'étendue. Il n'y avait pas de lune. Les étoiles, par contre, apparaissaient presque trop nombreuses pour qu'on crût à leur réalité, si scintillantes et si proches qu'on croyait les voir tomber et se précipiter dans le vide. Le ciel se retranchait derrière elles, toujours plus profond et plus lointain, là-bas, vers les sources enténébrées de la nuit. Les sommets de la haute chaîne, confondus en une seule ligne de crêtes, dressaient contre le ciel étoilé leur masse imposante, y découpant un horizon inquiétant, énorme et noir. Sur l'ensemble du paysage, toutefois, régnait une seule harmonie faite de pure sérénité et de tranquillité grandiose.

Comme elle avait senti Shimamura venir près d'elle, la jeune femme s'était laissée aller un peu plus bas contre l'appui de la fenêtre, ses seins appuyés dessus. Non pas une pose d'abandon, bien au contraire : elle avait, contre la nuit, l'air le plus ferme et le plus affirmé qu'il fût possible. « Toujours cette cuirasse, qu'il va falloir transpercer », se dit Shimamura.

Les montagnes, aussi sombres qu'elles fussent, resplendissaient cependant de l'éclat de la neige ; et pour Shimamura, elles eurent à ce moment un air étrangement diaphane, d'une désolation sans nom : l'équilibre harmonieux entre le ciel et la ligne sombre des hauteurs s'était rompu.

« Tu vas prendre froid ! Tu es gelée », dit Shimamura en posant sa main sur la gorge de la jeune femme, qu'il voulait tirer en arrière. Mais elle se cramponna à la barre d'appui.

« Je vais rentrer chez moi, s'obstina-t-elle, encore que sa voix se troublât.

— Très bien. Alors, rentre.

— Encore un tout petit moment. Je voudrais rester comme je suis...

— Moi, je descends prendre un bain, décida Shimamura.

— Non, non, restez avec moi...

— Si tu refermes cette fenêtre !

— Encore un petit moment... J'aimerais tant rester comme cela un instant ! »

Le bouquet d'arbres du sanctuaire masquait la moitié du village. Les lumières de la gare (même pas à dix minutes en taxi) scintillaient au loin comme si le froid les eût fait crépiter.

Les cheveux de la jeune femme, la fenêtre, les manches de son kimono : tout ce que touchait

Shimamura était glacé, mais glacé comme si le froid en fût sorti : un froid tel qu'il n'en avait jamais connu de semblable. Même de la natte, sous ses pieds, le froid lui faisait l'impression de rayonner.

Shimamura s'en fut pour descendre prendre son bain.

« Attendez-moi ! Je viens avec vous », dit-elle. Et elle le suivit tout humblement.

En bas, comme elle rangeait les vêtements que Shimamura avait laissés négligemment au sol, devant la porte, quelqu'un entra. Un autre client de l'hôtel. Un homme. En s'inclinant profondément devant Shimamura, elle se voila la face.

« Oh ! excusez-moi ! dit le nouveau venu en faisant mine de se retirer.

— Mais non, je vous en prie, s'empressa Shimamura. Nous passerons à côté. »

Il prit ses vêtements et s'avança vers le bain voisin, réservé aux dames, où elle le suivit comme s'ils eussent été mari et femme. Shimamura se plongea dans l'eau chaude sans un regard de son côté. Il se sentait pris de fou rire à la pensée qu'elle était là, avec lui. Vite, il se mit la tête sous *yuguchi* [1] et se rinça la bouche à grand bruit.

Ils se retrouvaient dans la chambre. En relevant un peu la tête sur l'oreiller, d'un geste de son petit doigt sur l'oreille, elle fit glisser une mèche défaite de sa coiffure.

« Je m'en sens toute triste », déclara-t-elle. Et elle ne dit rien d'autre. Shimamura crut pendant un moment qu'elle avait les yeux ouverts à demi, puis il se rendit compte que la ligne épaisse de ses cils lui en avait donné l'illusion.

---

1. La fontaine par où se déverse en permanence l'eau de la source thermale, pour aller ensuite remplir la grande baignoire.

Nerveuse, tendue, elle ne dormit pas un instant de toute la nuit.

Sans doute tiré de son sommeil par le bruit léger, Shimamura se réveilla comme elle nouait son obi.

« Excusez-moi. Je ne voulais pas vous réveiller, dit-elle. Il fait encore sombre. Regardez : est-ce que vous pouvez me voir ? »

Elle tourna le bouton de la lumière.

« Vous ne me voyez pas, n'est-ce pas ? Vous ne pouvez pas me voir ?

— Non. C'est encore la pleine nuit.

— Pas du tout. Cherchez un peu mieux. Là ! Est-ce que vous me voyez ? Et maintenant ? fit-elle en ouvrant en grand la fenêtre. Mais non ! Vous ne le pouvez pas. Je vais m'en aller. »

Shimamura, saisi par le froid du matin, dont l'intensité le surprenait de nouveau, se souleva un peu sur son oreiller. Le ciel était encore couleur de nuit, mais là-bas, sur les montagnes, c'était déjà le matin.

« Tout ira bien. Les paysans n'ont pas tellement à faire en cette saison. Il n'y aura personne dehors d'aussi bonne heure. A moins, peut-être, que quelqu'un parte en course dans la montagne... Qu'en pensez-vous ? »

Elle parlait, sans attendre de réponse, allant et venant dans la chambre, en traînant derrière elle le bout de son obi à moitié noué.

« Il n'y avait pas de client pour l'hôtel au train de cinq heures. Personne ici ne sera levé avant un bon moment. »

Le nœud de son obi était fait maintenant, mais elle s'agitait encore dans la chambre, se levant, se ragenouillant à terre, se relevant encore, non sans jeter de fréquents coups d'œil du côté de la fenêtre. Elle avait l'air à bout de nerfs, tout ensemble angoissée et agacée telle une bête nocturne qui craint l'approche du matin. On l'eût crue possédée, agitée par quelque mystérieux et sauvage instinct, sous l'emprise de quelque charme magique.

La lueur, dans la chambre, était à présent suffisante pour que Shimamura pût voir l'éclat de ses joues, d'un carmin si vif et brillant, qu'il en fut comme fasciné.

« Tu as les joues en feu. C'est dire quel froid il fait !

— Le froid n'y est pour rien : c'est seulement parce que j'ai enlevé ma poudre. Je n'ai qu'à me glisser dans mon lit pour avoir chaud une minute après ; chaud partout, jusqu'au bout des pieds. »

Agenouillée devant le miroir, près du lit, elle observa encore qu'il faisait grand jour et qu'elle allait rentrer.

Le regard de Shimamura s'était porté vers elle, mais d'un geste immédiat, il reposa sa tête sur l'oreiller : ce blanc qui habitait les profondeurs du miroir, c'était la neige, au cœur de laquelle se piquait le carmin brillant des joues de la jeune femme. La beauté de ce contraste était d'une pureté ineffable, d'une intensité à peine soutenable tant elle était aiguisée, vivante.

Shimamura se demanda si le soleil était levé, car la neige avait pris soudain un éclat plus brillant encore dans le miroir : on eût dit un incendie de glace. Le noir même des cheveux de la jeune femme, dans le contre-jour, paraissait moins profond, secrètement habité par un jeu d'ombres d'une teinte pourprée.

Pour éviter sans doute l'engorgement par la neige, l'écoulement des eaux des bains se faisait par une rigole tracée contre les murs de l'hôtel. Devant l'entrée, l'eau s'étalait en une large flaque qui ressemblait à un étang minuscule. Sur les dalles qui menaient à la porte, un gros chien noir était en train d'y boire. Un alignement de skis, qu'on venait probablement de sortir d'une réserve pour les exposer à l'air, devait attendre les futurs clients ; une faible odeur de moisissure s'en dégageait, adoucie et comme sucrée par la vapeur qui montait de l'eau chaude. Les paquets de neige tombés des branches des cèdres sur le toit des bains [1] y plaquaient des taches informes, presque mouvantes, presque tièdes.

Le tracé de la route, avant la fin de l'année, aura complètement disparu sous la neige, englouti par les congères. Pour venir aux soirées, il faudra qu'elle chausse de hautes bottes de caoutchouc, qu'elle porte l'inélégant « pantalon montagnard » par-dessus le kimono, et aussi la lourde pèlerine, et encore une voilette pour se protéger le visage. De la neige, il y

---

1. Les bains publics, alimentés par la même source thermale pour laquelle ont été installés les hôtels.

en aura bien dix pieds à ce moment-là, et pour tout l'hiver. Elle le lui avait dit, et Shimamura y repensait, tout en descendant vers le village sur ce chemin qu'elle avait scruté du regard, ce matin même, à la pointe de l'aube, de la fenêtre de sa chambre à l'auberge.

Des serviettes séchaient sur un fil haut tendu sur le bord du chemin. Par-dessous, il voyait se déployer le panorama des montagnes et là-bas, les pics neigeux qui luisaient doucement dans la lumière. La tige verte des poireaux, dans les jardins, n'était pas encore ensevelie complètement sous la neige.

Des gamins du village faisaient du ski à travers champs.

Lorsque le chemin déboucha entre les maisons, Shimamura perçut comme le gouttement d'une pluie menue, et il vit les petits glaçons luisants qui bordaient les avant-toits : délicate et ruisselante broderie.

« Pendant que tu y es, lança une voix derrière lui, ne vas-tu pas débarrasser le nôtre aussi ? »

C'était une femme qui revenait du bain, la serviette serrée sur le front et qui levait un regard ébloui dans le soleil pour s'adresser à l'homme qui enlevait la neige d'un toit. Quelque serveuse, pensa Shimamura, qui sera arrivée au village en avance pour la saison de ski. L'entrée voisine était celle d'un café [1] : une vieille demeure dont le toit s'affaissait, avec une fenêtre dont la peinture s'écaillait, depuis le temps qu'elle était exposée aux intempéries.

Faits de bardeaux pour la plupart, les toits des maisons présentaient d'identiques alignements de pierres parallèlement à la rue : de grosses pierres

---

1. Au sens japonais, il faut l'entendre péjorativement d'un bistrot de mauvais genre, où de jeunes femmes tiennent compagnie au client.

rondes et polies, blanches de neige du côté de l'ombre, et qui luisaient au soleil de l'autre côté, aussi noires que des pierres à encre, avec un brillant qui tenait moins à l'humidité ruisselante qu'à leur grain minéral lissé à force de gels, de vents et de pluie.

Les avant-toits qui descendaient presque jusqu'au sol, exprimaient, à eux seuls, et peut-être mieux encore que les pierres sur les toits, l'âme même des pays du Nord.

Des gosses jouaient dans le ruisseau, s'amusant à en casser la glace pour la jeter ensuite au milieu de la rue, enchantés sans doute des multiples éclats qu'elle faisait fuser au soleil en se brisant. Shimamura resta un bon moment à les regarder faire, planté dans la lumière, n'arrivant pas à croire que la glace fût si épaisse.

Adossée à un mur de pierre, une gamine de douze à treize ans tricotait, à l'écart des autres. Hors de la rude étoffe de ses larges « pantalons montagnards », il vit qu'elle avait les pieds nus dans ses geta, et que la peau en était rouge et gercée par le froid. Sagement assise sur un tas de bûches à côté d'elle, un petit bout de fille qui pouvait avoir deux ans écartait ses menottes pour lui tenir avec patience l'écheveau de laine, d'une couleur terne et grise, dont le fil acquérait une teinte plus vive et plus chaude, en passant des bras de la plus petite aux mains de la plus âgée des deux fillettes.

Sept ou huit maisons plus bas, il entendit le rabot du menuisier travaillant dans une fabrique de skis. De l'autre côté de la rue, il y avait cinq ou six geishas en train de bavarder, à l'abri du profond avant-toit. « Komako, j'en suis certain, est du nombre », pensa Shimamura, qui connaissait le nom de la jeune femme depuis le matin même, l'ayant appris d'une servante à l'auberge. Komako était là, en effet. Elle l'avait aussi reconnu de loin : l'expression infiniment grave qui marquait son visage n'eût pas permis de la confondre avec les autres. « Elle va rougir jusqu'aux oreilles, se dit Shimamura qui avançait dans la rue, elle va sûrement rougir terriblement, si elle ne parvient pas à faire comme si de rien n'était... » Et à peine avait-il eu cette pensée, que déjà il la voyait, en effet, s'empourprer jusque sous le menton. Elle eût mieux fait de détourner la tête ; mais au contraire elle le suivit dans sa marche comme malgré elle, bien qu'elle gardât les yeux baissés dans un sentiment pénible de gêne.

Shimamura se sentit également monter une flamme aux joues. Il pressa le pas pour s'éloigner, et Komako fut immédiatement sur ses talons.

« Vous n'auriez pas dû... C'est extrêmement gênant pour moi que vous passiez à cette heure-ci.

— Gênant pour qui ? Ne crois-tu pas que cela le soit au moins autant pour moi, quand je vous vois alignées de la sorte comme pour m'attraper au passage ? C'est tout juste si j'ai pu me décider à continuer mon chemin ! Est-ce donc toujours comme cela ?

— Sans doute, oui... Dans l'après-midi.

— Rougir de cette façon et me courir après, je dois dire que cela me paraît encore plus embarrassant.

— Oh non ! Qu'est-ce que cela change ? »

Elle avait parlé clair, mais non sans rougir violemment pour la seconde fois. S'arrêtant, elle prit à pleins bras le tronc d'un kaki en bordure du chemin.

« J'ai pensé que je pourrais vous demander de venir jusque chez moi ; c'est pour cela que je vous ai rejoint.

— Ta maison est par ici ?

— Tout près.

— J'accepte, si j'ai la permission de lire le journal que tu tiens.

— J'ai l'intention de le brûler avant ma mort.

— A propos, n'y a-t-il pas quelqu'un de malade dans ta maison ?

— Comment le savez-vous ?

— Tu es venue l'attendre à la gare, hier, en pèlerine bleu marine. Et nous avons fait le voyage ensemble, presque en vis-à-vis. La jeune personne qui l'accompagnait, le soignant avec une telle gentillesse, une telle douceur... C'était sa femme ? Ou est-ce quelqu'un d'ici qui était allé le chercher ? Ou alors quelqu'un de Tokyo ? Ses attentions... Elle a été comme une mère pour lui. Cela m'a fait une forte impression.

— Pourquoi n'en avez-vous rien dit hier soir ? Pourquoi cette discrétion ? demanda Komako avec une soudaine émotion.

— C'est sa femme ? »

Elle négligea de répondre, tant sa propre question la préoccupait.

« Mais pourquoi n'en avoir pas parlé hier ?... Quel caractère bizarre vous avez ! »

Cette brusquerie de ton, venant d'une femme, n'était guère du goût de Shimamura. Il n'y avait rien, apparemment, qui la justifiât, ni dans les circonstances, ni dans ce qu'il avait fait lui-même. Serait-ce un trait de sa nature profonde que Komako trahissait là ? Et pourtant, il se trouvait bien obligé d'admettre lui-même que sa question réitérée le touchait à un point sensible : ce matin, cette image de Komako dans la glace, le rouge de ses joues apparaissant sur le fond de neige, l'avait évidemment fait songer à l'image de la jeune femme du train, à son reflet dans la glace du wagon... Pourquoi donc n'en avait-il rien dit ?

Ils avaient avancé entre-temps.

« Cela ne fait rien qu'il y ait un malade ; personne ne vient jamais dans ma chambre », dit Komako en empruntant le passage ménagé dans une basse murette.

A main droite, un petit champ sous la neige ; à gauche, une rangée de kakis devant le mur de séparation. Devant la maison, ce devait être un jardin d'agrément, et dans le petit étang aux lotus, dont la glace brisée avait été empilée sur le bord, on voyait passer de gros poissons rouges. La demeure elle-même paraissait aussi vieille et crevassée que le tronc creux d'un vieux mûrier. Il y avait de la neige par plaques sur le toit gondolé par des poutres tordues, qui faisaient festonner les auvents.

Dans l'entrée au sol de terre battue, on se trouvait dans un froid immobile ; et Shimamura fut conduit au pied d'une échelle avant que ses yeux se fussent habitués à la soudaine obscurité Une véritable échelle, qui menait à un vrai grenier.

« C'était la chambre de culture des vers à soie, expliqua Komako. Etes-vous surpris ?

— C'est une chance que tu ne te sois jamais rompu le cou, ivre comme tu peux l'être !

— Je suis déjà tombée. Mais en général, quand j'ai trop bu, je me glisse dans le kotatsu en bas et m'y endors. »

Tout en parlant, elle avait avancé sa main dans son kotatsu pour sentir s'il était assez chaud, et elle redescendit aussitôt chercher du feu. Shimamura examina curieusement la chambre, constatant qu'il n'y avait qu'une petite fenêtre au midi, mais que le papier de cette fenêtre à glissière était frais et laissait entrer la rayonnante lumière du soleil. Les parois avaient été adroitement tapissées de papier de riz, ce qui donnait à la pièce l'aspect d'un vieux coffret de papier. Au-dessus, c'était le toit nu qui servait de plafond, et sa pente rude jusqu'au niveau de la fenê-

tre vous laissait une impression assombrie de solitude. Instinctivement, Shimamura se demanda ce
qu'il y avait de l'autre côté de la paroi de cette cel-
lule aérienne, et il eut le sentiment désagréable de
se trouver comme sur un balcon clos, suspendu dans
le vide. Plancher et cloisons, tout vieux qu'ils fussent,
étaient d'une propreté impeccable.

Un moment, sa pensée s'amusa à l'idée de la
lumière pénétrant le corps vivant de Komako, dans
sa chambre d'élevage des vers à soie, tout comme
elle traverse le corps translucide des larves indus-
trieuses.

La couverture du kotatsu était faite du même tissu
de coton, à rayures, qui sert à la confection des
« pantalons montagnards ». La commode avec ses
tiroirs était un beau meuble, de bois fin, bien veiné
et poli ; — peut-être, songea-t-il, un souvenir de ses
années de Tokyo. L'autre meuble, par contre, une
vulgaire coiffeuse, faisait contraste par sa rusticité,
alors que son coffret à couture, d'un vermillon somptueux, faisait chanter la note profonde et chaude qui
fait le charme des laques de haute qualité. Sur la
paroi, un rayonnage de caissettes empilées, derrière
un fin rideau de lainage léger, devait probablement
lui servir de bibliothèque.

Le kimono de sortie qu'elle portait la veille était
là, suspendu contre la paroi, ouvert sur la soie rouge
vif de la robe de dessous.

Lestement, Komako grimpa l'échelle avec la provi-
sion de combustible.

« Il vient de la chambre du malade, dit-elle. Mais
vous pouvez être sans crainte : le feu dévore tous
les microbes, à ce qu'on dit. »

Elle se pencha pour attiser la braise, si bas que
sa coiffure soigneusement refaite balaya presque le
bord du kotatsu. « C'est une tuberculose intestinale
qui ronge le fils de la maîtresse de musique, expli-

qua-t-elle ; il n'est revenu à la maison que pour mourir. » Mais à vrai dire, il n'était pas lui-même né ici. C'était la maison de sa mère, plutôt. Elle avait continué d'enseigner la danse sur la côte, alors même qu'elle avait cessé d'être geisha ; mais vers la quarantaine, elle avait eu une attaque, et c'était pour se soigner qu'elle était revenue à la station thermale. Son fils, qui avait une passion pour la mécanique depuis qu'il était tout enfant, était resté à faire son apprentissage chez un horloger. Plus tard, il avait même gagné Tokyo afin de pouvoir suivre des cours du soir tout en travaillant, et le surmenage lui avait ruiné la santé. Il avait tout juste vingt-cinq ans.

Ces explications, Komako les avait données à Shimamura sans aucune réticence ; mais pourquoi n'avait-elle soufflé mot de la jeune femme qui accompagnait le malade ? Et pourquoi nulle explication de sa propre présence dans cette maison ?

Shimamura, tout en l'écoutant, éprouvait, quoi qu'il en fût, un sentiment de gêne. Il lui semblait que la jeune femme, de son balcon aérien, lançait une émission aux quatre vents du monde.

Du coin de l'œil, en revenant dans l'entrée, il perçut la vague blancheur d'un objet qu'il n'y avait pas remarqué au passage : un coffre à samisen, dont les proportions l'étonnèrent. La boîte lui parut nettement plus large et plus longue que d'ordinaire, et il avait du mal à s'imaginer Komako encombrée d'un pareil ustensile pour se rendre aux soirées qui réclamaient sa présence. A ce moment, quelqu'un fit glisser la porte sombre qui donnait à l'intérieur.

« Cela ne fait rien, Komako, si je passe par-dessus ? » demanda la voix émouvante, si claire et si belle de timbre qu'une sorte de tristesse vous saisissait : la voix de Yôko, inoubliable pour Shimamura depuis qu'il l'avait entendue, dans la nuit, appelant le chef de poste, à l'arrêt marqué par le train au sor-

tir du tunnel. Et il écouta, attendant la réponse qui
lui ferait écho.

« Mais non, pas du tout. Allez-y ! »

Yôko, d'un pas léger, enjamba la boîte à samisen
et gagna la porte extérieure, emportant un vase de
nuit fait de verre. Elle avait eu un rapide et vif
regard vers Shimamura, s'éloignant aussitôt d'un pas
silencieux sur la terre battue.

Qu'elle fût une fille de ce pays de neige, il n'en
pouvait pas douter : il n'était que de voir comment
elle portait le hakama des montagnes ou de se rappeler son ton de familiarité avec l'homme du poste ;
mais le motif raffiné qui ornait son obi, à moitié
visible par-dessus la grosse culotte fendue, en éclai-
rait la rude rayure brune et noire, de même que les
longues manches de son kimono de laine en rece-
vaient comme une grâce plus voluptueuse. Même
son hakama, fendu pourtant au-dessous du genou et
bouffant lourdement sur ses hanches, laissait une
impression de souplesse et de douceur, prenait une
sorte de légèreté malgré l'épaisseur du tissu et la
naturelle raideur de cette grosse cotonnade.

Même après qu'il eut quitté la maison, Shimamura
resta hanté par ce regard aigu qui lui laissait comme
une brûlure en plein front. C'était encore la pure,
l'ineffable beauté de cette lumière distante et froide,
la féerie de ce point scintillant qui avait cheminé à
travers le visage de la jeune femme sous lequel courait la nuit, dans la fenêtre du wagon, cet éclat qui
était venu, un moment, illuminer surnaturellement
son regard, enchantement merveilleux et secret
auquel le cœur de Shimamura avait répondu, l'autre
soir, en battant plus fort, et auquel venait se mêler
à présent la magie miroitante de la neige, ce matin,
l'immense étendue de blancheur où se piquait, brillant et vif, le carmin des joues de Komako.

Son pas s'accéléra. Non qu'il eût la jambe ner-

veuse ; il avait au contraire le muscle un peu dodu.
Mais une sorte d'allégresse, un entrain nouveau
l'avaient saisi, sans qu'il s'en rendît trop compte, à
la vue de ses chères montagnes. Et dans sa disposition profondément rêveuse, il lui était facile d'oublier que le monde des humains intervînt dans le
jeu des reflets flottants et des images étranges qui
l'enchantait. Non, la fenêtre du wagon, dont la nuit
avait fait une glace, ou le miroir comblé de blancheur par la neige, ni l'un ni l'autre n'étaient plus
des objets faits de main d'homme : ils étaient quelque chose qui participait de la nature elle-même,
pour moitié, et d'un monde différent et lointain,
pour l'autre. Un univers existant ailleurs, auquel
appartenait également la chambre qu'il venait à
peine de quitter.

Envahi par ce sentiment, Shimamura tressaillit,
éprouvant le besoin de revenir aux choses du monde
positif. Il interpella une masseuse aveugle, au sommet du raidillon, pour lui demander si elle pouvait
venir le masser.

« Voyons un peu quelle heure il est », fit-elle en
glissant sa canne sous son bras pour tirer de son obi
une montre à gousset qu'elle ouvrit, tâtant des doigts
de sa main gauche le cadran. « Deux heures trente-
cinq. J'ai un rendez-vous à trois heures trente. C'est
un peu plus loin que la gare, mais si j'arrive un peu
en retard, je pense que cela ne fera rien.

— C'est vraiment surprenant que vous puissiez lire
l'heure, apprécia Shimamura.

— Il n'y a pas de verre et je n'ai qu'à toucher les
aiguilles.

— Mais les chiffres ?

— Non, ce n'est pas pas nécessaire », dit-elle en
tirant à nouveau la montre du gousset pour en ouvrir
le boîtier. C'était une montre d'argent, un peu plus
grande qu'une montre de femme. Avec trois doigts

posés comme repères sur le douze, le six et le trois :
« Je peux donner l'heure assez exacte, expliqua-t-elle,
et si je me trompe, ce n'est jamais que d'une minute
en avance ou en retard. Jamais plus de deux minutes, en tout cas.

— Et la pente du chemin, n'est-elle pas un peu
raide ? s'inquiéta Shimamura.

— Quand il pleut, c'est ma fille qui vient me chercher au village pour m'amener ici, et le soir, je ne
travaille jamais qu'au village. Je ne monte pas ici.
C'est même un sujet de plaisanterie pour les servantes de l'auberge : elles prétendent que c'est mon mari
qui ne veut pas me laisser sortir.

— Vous avez de grands enfants ?

— Ma fille aînée a douze ans. »

Tout en bavardant de la sorte, ils étaient arrivés
dans la chambre de Shimamura et la conversation
cessa quand l'aveugle commença le massage. Dans le
silence, on entendit le chant lointain d'un samisen.

« Tiens ! Qui est-ce qui joue ? fit l'aveugle en prêtant l'oreille.

— Vous êtes toujours capable de reconnaître la
geisha à sa sonorité ?

— Certaines, oui, mais d'autres pas. Vous avez le
corps de quelqu'un qui n'a pas à travailler. Vous
sentez comme tout est bien souple, détendu ?

— Pas de contracture nulle part ?

— Une petite crispation là, à la base de la nuque.
Mais vous êtes juste comme il faut, ni trop enveloppé, ni trop maigre. Vous ne buvez pas, n'est-ce
pas ?

— Parce que vous pouvez le déceler aussi ?

— J'ai trois autres clients, des habitués, qui ont
exactement votre tonus physiologique.

— Bah ! c'est une qualité qui n'a rien d'exception-
nel.

— Peut-être, mais si vous ne buvez pas, c'est une

grande satisfaction dont vous vous privez : de pouvoir tout oublier, c'est un vrai plaisir !

— Il boit, votre mari ?

— Bien que trop !

— Mais pour en revenir à notre joueuse de samisen, elle peut bien être qui elle veut, c'est une musicienne pitoyable.

— Oui, c'est assez mauvais.

— Est-ce que vous jouez vous-même ?

— Je l'ai fait quand j'étais jeune fille, depuis ma huitième année jusqu'à dix-neuf ans. Mais depuis quinze ans que je suis mariée, je n'ai plus joué. »

En lui entendant avouer son âge, Shimamura se demanda si les aveugles paraissaient toujours tellement plus jeunes que leurs années. Mais il reprit aussitôt :

« Qui a appris à jouer très jeune ne peut plus oublier.

— Avec le métier que je fais, je n'ai plus mes mains d'autrefois, vous savez ; mais j'ai toujours une bonne oreille et cela me fait mal de les entendre. Mais je pense aussi que la façon dont je jouais quand j'étais jeune ne me satisfaisait pas plus. »

Un moment, elle tendit l'oreille.

« Fumi peut-être, qui appartient à l'Izutsuya. Ce sont celles qui jouent le mieux et celles qui jouent le plus mal qu'on reconnaît le plus aisément.

— Il y en a vraiment de bonnes ?

— Komako est excellente. Jeune sans doute, mais elle s'est beaucoup perfectionnée depuis peu.

— Komako ? Vraiment ?

— Au fait, vous la connaissez, n'est-ce pas ? Oui, je la trouve excellente ; mais vous ne devez pas oublier non plus que nous ne sommes peut-être pas très difficiles dans nos montagnes.

— Nous nous connaissons si peu que c'est déjà trop dire, expliqua Shimamura. J'ai aussi fait le voyage hier avec le fils de la maîtresse de musique.

— Il va mieux ?

— Il ne semble pas.

— Ah ? Le pauvre, il y a déjà longtemps qu'il est malade à Tokyo, paraît-il. On prétend même que c'est pour pouvoir payer une partie des frais médicaux que, l'été dernier, Komako a décidé de s'engager comme geisha professionnelle. Je me demande bien si cela aura servi à grand-chose !...

— Comment cela ? Komako ?

— Ils étaient fiancés seulement. Mais j'imagine qu'on doit se sentir plus tranquille quand on a fait tout ce qu'on pouvait. On n'a au moins rien à se reprocher, après.

— Elle était fiancée avec lui ?

— C'est ce qu'on dit et je n'en sais pas plus, bien sûr. Mais c'est généralement comme cela qu'on sait ces choses-là. »

Quoi de plus banal que d'entendre la masseuse d'une station thermale papoter sur les geishas du cru ? Mais ce fut justement parce qu'il les recevait par un canal aussi ordinaire, que les nouvelles surprirent Shimamura et lui parurent d'autant plus extraordinaires, plus invraisemblables. Comment ? Voilà Komako qui devient geisha pour voler au secours de son fiancé ? Allons donc ! C'était quand même un peu trop conforme au répertoire le plus usé du mélodrame le plus vulgaire ! Il ne se décidait pas à y croire. Et même, en prenant la chose selon sa propre morale, il penchait plutôt à la rejeter : il lui convenait tellement mieux que la femme elle-même usât de son propre droit de se vendre comme geisha ! Bref, il eût beaucoup aimé maintenant tirer un peu toute cette histoire au clair et en savoir plus long. Mais la masseuse en avait fini.

En tournant la chose dans sa tête, il en revenait toujours à cette idée de « peine perdue » qu'il avait eue déjà à propos du journal de Komako. Car si Komako était vraiment la fiancée de cet homme, et Yôko la nouvelle aimée de ce fiancé, qui lui-même allait bientôt mourir, tout cela n'était-il pas absolument en vain, en pure perte ? Que penser d'autre, quand Komako allait jusqu'à se vendre pour tenir jusqu'au bout ses engagements et payer les frais de la maladie ? Peine perdue. Effort vain. En pure perte.

Shimamura se devait de lui en parler à leur prochaine rencontre. Il lui dirait comment il voyait les choses. Il tâcherait de la convaincre. Mais en même temps, il ne pouvait s'empêcher de penser qu'avec le nouveau fragment qu'il venait de connaître de sa vie, elle lui devenait plus transparente encore et plus pure.

Son soupçon de mensonge, son sentiment d'un vide et de la vanité dans tout cela, oui, c'était quelque chose de si vague, de si trouble qu'il s'en méfiait comme si cela recouvrait un inavouable danger. Longtemps après que la masseuse aveugle fut repartie, Shimamura cherchait encore à le préciser, et il finit par se sentir glacé pusqu'au creux de l'estomac. Mais aussi avait-on laissé chez lui les fenêtres ouvertes en grand.

Le fond de la vallée, très tôt ensevelie dans les ombres, avait déjà revêtu les tons du soir. Dressées hors de la zone enténébrée, les montagnes, là-bas, tout éclatantes des lumières du couchant, semblaient beaucoup plus proches avec leur relief accentué par les ombres plus creuses, plus obscures, et leur blancheur un peu phosphorescente sous le ciel rougeoyant. Ici, tout près, le bois de cèdres sur le bord du torrent, sous le terrain de ski, étalait sa tache noire autour du sanctuaire.

Shimamura se sentait de plus en plus désolé, misérable, accablé d'inutilité et de vide vain. Et lorsque

Komako entra chez lui, ce fut comme un rayon de chaude lumière dans sa nuit.

Il y avait une réunion à l'hôtel pour la mise au point du programme local de la saison d'hiver, et elle était invitée à la soirée qui devait suivre, lui dit-elle en glissant d'un geste vif ses deux mains dans le kotatsu. L'instant d'après, elle lui frôlait délicatement la joue.

« Comme vous êtes pâle, ce soir !... Bizarre !.. »

Entre deux doigts, elle lui pinça un peu le gras de la joue en tirant sur la peau souple comme pour lui enlever un masque.

« Ne soyez pas absurde, voyons ! Vous vous tracassez, on dirait... »

Shimamura pensa qu'elle avait déjà une pointe d'ivresse.

Mais lorsqu'elle revint, la soirée terminée, ce fut pour s'affaler devant le miroir d'un air qui semblait presque caricaturer l'ivresse.

« Je n'y comprends rien. Absolument rien... Oh ! ma tête... ma pauvre tête ! J'ai mal... Si terriblement mal... Il faut que je boive. Ah ! donnez-moi un verre d'eau. »

Elle se tenait les tempes des deux mains, roulant sa tête sans guère se soucier de respecter sa haute et artistique coiffure. Puis, se redressant, elle se mit à petits gestes précis, se massant le visage avec de la crème démaquillante, à enlever son épaisse couche de poudre blanche. Ses joues étaient en feu. Et pourtant Komako, maintenant, paraissait enchantée d'elle-même, au grand étonnement de Shimamura incapable de croire que l'ivresse pût s'évanouir aussi vite. Il la vit frissonner des épaules dans le froid.

Calme, sans émoi, elle lui avoua qu'elle avait frisé la dépression nerveuse tout au long du mois d'août.

« Je croyais devenir folle ! Je broyais du noir,

ruminant de sombres idées sans même savoir pourquoi. C'était effroyable. Je n'arrivais plus à dormir
et c'était uniquement pour sortir que je parvenais à
me reprendre. Je faisais toutes sortes de rêves. J'avais
perdu l'appétit. Je pouvais rester des heures à tam-
bouriner sur le sol, assise au même endroit, interminablement, au plus fort de la chaleur dans la journée.

— Tu as commencé à sortir quand, à titre de
geisha ?

— En juin. J'avais cru pendant un bout de temps
que je devrais aller à Hamamatsu.

— Un mariage ? »

Elle approuva. L'homme voulait absolument l'épouser, mais elle ne pouvait faire qu'il lui plût. Sa déci-
sion lui avait coûté bien du souci.

« S'il ne te plaisait pas, qu'avais-tu à rester dans
le doute ?

— Ce n'est pas si facile... Les choses ne sont pas
aussi simples.

— Le mariage, en soi, aurait donc tant de charmes ?

— Ne soyez pas si rosse ! Une femme peut sou-
haiter avoir un chez-soi, où elle tienne tout en ordre
et bien propre. »

Shimamura répondit d'un vague grognement.

« Votre conversation n'est pas particulièrement
satisfaisante, vous savez !

— Entre cet homme de Hamamatsu et toi, il y
avait quelque chose ? »

La réponse jaillit instantanément :

« S'il y avait eu quelque chose, pouvez-vous croire
que j'aurais hésité ? Non, mais il prétendait qu'il ne
me laisserait épouser personne d'autre tant que
serais ici. Il affirmait qu'il ferait tout pour l'empêcher.

— Mais voyons, à Hamamatsu, il se trouvait beaucoup trop loin pour pouvoir quelque chose ! Et tu étais inquiète néanmoins ? »

Volontairement confite dans la douce tiédeur de son propre corps, Komako s'étira voluptueusement, longuement, marquant un temps. Et quand elle répondit, ce fut sur un ton complètement anodin :

« Je m'imaginais pourtant que j'allais avoir un enfant, pouffa-t-elle. Est-ce assez ridicule ?... »

En fermant les deux poings sur le col de son kimono, elle se pelotonna comme un bébé qui veut dormir. Une fois de plus, Shimamura se laissa tromper par la richesse soyeuse de ses cils, en croyant qu'elle avait encore les yeux ouverts à demi.

Au matin, quand Shimamura s'éveilla, il vit Komako, accoudée sur le kotatsu, en train de gribouiller sur la couverture d'un vieux magazine.

« Impossible de rentrer, lui dit-elle. Je me suis réveillée quand la servante est arrivée avec le feu. Il faisait grand jour. Le soleil brillait par la porte. J'avais un peu trop bu hier soir et j'ai dormi comme une souche.

— Quelle heure est-il ?

— Huit heures déjà.

— Bon, nous allons prendre notre bain, lança Shimamura en sautant du lit.

— Pas moi : quelqu'un pourrait me voir dans l'entrée... »

Elle n'était plus qu'humilité, tant par son attitude que par le timbre de sa voix.

En revenant du bain, Shimamura la trouva en train de faire le ménage dans sa chambre avec le plus grand soin, un foulard élégamment noué sur ses cheveux. Elle épousseta avec minutie les pieds de la table et les montants du hibachi[1], puis, de sa main

1. Petite chaufferette (de faïence ou de bois) utilisée pour les mains.

toujours adroite et légère, elle activa le feu de
braises.

Fumant nonchalamment, Shimamura s'était con-
fortablement installé, les pieds dans le kotatsu. La
cendre de sa cigarette étant tombée, Komako prit un
mouchoir pour la ramasser et lui apporta un cen-
drier. Il éclata d'un joyeux rire matinal. Komako rit
à son tour.

« Si tu avais un mari, lui dit-il, tu serais toujours
derrière lui avec des reproches à lui faire.

— Oh ! que non ! Mais il pourrait bien se moquer
en me voyant plier jusqu'à mon linge sale. Je ne
peux pas m'en empêcher : j'ai été faite comme cela !

— On connaît tout d'une femme, paraît-il, en
jetant un coup d'œil dans le tiroir de sa commode. »

Comme ils prenaient le petit déjeuner, avec le
soleil qui entrait gaiement dans la pièce :

« Quelle splendide journée ! s'exclama-t-elle. J'aurais bien dû rentrer chez moi et travailler mon samisen : le son en est tout différent par un temps pareil. »

Elle porta son regard vers le ciel, qui avait la
pureté d'un cristal. Au loin, sur les montagnes, la
neige avait une tonalité crémeuse et tendre et se voi-
lait, eût-on dit, d'une mousseline de fumée.

Shimamura, après ce que lui avait dit la masseuse,
n'hésita pas à lui proposer de travailler le samisen
ici, dans sa chambre. Komako s'en fut immédiatement téléphoner chez elle pour demander sa musique, son instrument et de quoi se changer.

Ainsi donc, songeait paresseusement Shimamura,
la vieille demeure qu'il avait vue la veille avait quand
même le téléphone... Et dans son esprit, il revoyait
les yeux, le regard de l'autre : la jeune Yôko.

« Est-ce cette jeune personne qui va t'apporter ce
qu'il faut ?

— C'est bien possible.

— Et le fils, c'est ton fiancé ?

« — Ça ! Mais quand donc en avez-vous entendu
parler ?

— Hier.

— Quel homme bizarre... Si c'est depuis hier,
pourquoi ne m'en avoir rien dit ? »

Les mots étaient presque les mêmes qu'hier, mais
le ton n'avait plus rien d'agressif, bien au contraire :
sa voix avait une inflexion détendue et un clair sourire s'y ajoutait.

« Si je me sentais moins embarrassé de respect,
je trouverais plus facile d'aborder ce genre de choses, assura Shimamura.

— Et moi, je voudrais bien connaître le fond de
votre pensée. Ah ! voilà bien pourquoi je n'aime pas
les gens de Tokyo !

— Ne changeons pas de sujet, s'il te plaît. Tu n'as
toujours pas répondu à ma question, tu sais.

— Je ne cherchais pas à l'éviter. Vous avez cru à
ce qu'on vous a dit ?

— Oui, je l'ai cru.

— C'est encore un mensonge. Vous ne l'avez pas
vraiment cru, n'est-ce pas ?

— Pas à tout, s'il faut être précis. L'histoire affirme
pourtant que tu as pris ton engagement de geisha
afin de pouvoir acquitter les frais médicaux.

— C'est du roman à bon marché, dirait-on. Mais
ce n'est pas vrai. Je n'ai jamais été sa fiancée, bien
que les gens veuillent le croire, à ce qu'il paraît.
Je ne suis pas non plus devenue geisha pour porter
aide à qui que ce soit plus précisément. Néanmoins
je dois beaucoup à sa mère, et il était naturel que
je fasse ce que je pouvais.

— C'est un rébus ou quoi ?

— Mais non, je vous raconterai tout. Sans mystère.
Il semble indéniablement y avoir eu une époque où
sa mère s'est dit que notre mariage serait une bonne
idée. Mais ce ne fut jamais qu'une idée, dont elle n'a

jamais soufflé mot. Nous nous doutions plus ou moins, lui et moi, de ce qu'elle avait dans l'idée, et finalement tout en est resté là. Il n'y a jamais eu autre chose. Voilà l'histoire.

— Une amitié d'enfance, en somme.

— C'est exact. Et encore avons-nous vécu séparément nos existences. Il fut le seul, toutefois, qui m'accompagna à la gare quand on m'a envoyée à Tokyo pour mon apprentissage de geisha. Je l'ai consigné sur la première page de mon premier journal.

— Mais si la vie ne vous avait pas séparés, je gage que vous seriez mariés à l'heure qu'il·est.

— Je n'en suis pas si sûre.

— Ce serait chose faite, pourtant.

— Pour lui, il serait inutile d'en prendre ombrage. Il sera mort avant peu.

— N'est-ce pas quand même un tort, à ton avis, de passer tes nuits hors de la maison ?

— Le tort, c'est de me poser la question. D'ailleurs, comment un mourant me retiendrait-il d'agir comme il me plaît ? »

Shimamura ne trouva rien à répondre. Mais pourquoi donc Komako passait-elle Yôko complètement sous silence ? Yôko qu'il avait vue dans le train couvrir le malade de ses soins maternels ; cette Yôko qui se comportait avec lui comme une mère avec son bébé, quels seraient donc ses sentiments, si c'était elle qui apportait à Komako un kimono et sa musique, à Komako que certains liens rattachaient, sans qu'il pût savoir exactement quels ils étaient, à l'homme qu'elle avait ramené au pays.

Shimamura, comme il lui arrivait souvent, se perdit alors en de vagues pensées.

« Komako ! Komako ! »

Grave, profonde, claire pourtant, c'était la voix si belle de Yôko.

« Merci vraiment, merci beaucoup ! dit Komako en passant aussitôt dans l'antichambre. Vous l'avez apporté seule, non ? Ce devait être bien lourd. »

Sans attendre, Yôko s'en était retournée.

Lorsque Komako, d'un geste, fit vibrer son instrument pour en vérifier l'accord, la corde aiguë claqua immédiatement. Rien qu'à la voir changer la corde et en régler le ton, Shimamura put apprécier sa sûreté de main et reconnaître la musicienne. Elle avait ouvert, sur le kotatsu, un gros paquet de musique : des recueils de chants en éditions courantes et, à côté, une vingtaine de volumes de méthodes anciennes Kineya Yashichi et de partitions modernes pour apprendre seul, que Shimamura examina avec curiosité.

« Tu travailles la musique d'après ces choses-là [1] ?

— Que faire d'autre ? Il n'y a personne ici qui puisse me faire travailler le samisen.

— Et la maîtresse de musique chez qui tu habites ?

— Elle est paralysée.

— Ne peut-elle pas te diriger par ses conseils, si elle parle ?

— Elle ne peut pas parler. Il lui reste juste un peu l'usage de sa main gauche, avec laquelle elle peut corriger ses élèves de danse ; il lui est pénible d'écouter jouer du samisen sans pouvoir rien faire d'autre.

— Et tu arrives à travailler vraiment le samisen sur ces méthodes écrites ?

— Je lis très bien la musique.

— Ma foi, je crois que l'éditeur de ces morceaux serait ravi de savoir qu'une vraie geisha — pas une dilettante de la profession — travaille ici, dans ces montagnes, en étudiant sa musique.

— A Tokyo, je devais devenir une danseuse et l'on

---

1. La notation de la musique japonaise classique est très compliquée.

m'a beaucoup fait travailler la danse : leçons, enseignement général, tout cela. Le samisen, par contre, c'est à peine si j'ai appris à en jouer un peu, tout accessoirement ; et si je venais à perdre ces premiers rudiments, personne ici ne serait capable de me les réapprendre. C'est pourquoi j'ai ces partitions.

— Et le chant ?

— Je n'aime guère chanter. J'ai appris quelques airs traditionnels, évidemment, en travaillant la danse, et je les chante à peu près convenablement ; mais pour les nouveautés, il m'a fallu m'en tenir à ce que j'entends à la radio, et je ne suis jamais sûre de rien dans ces approximations. Ah ! je sais bien que vous vous moqueriez de mes interprétations personnelles ! Et puis, quand je chante pour quelqu'un que je connais bien, la voix me manque toujours. Elle est bien meilleure devant des étrangers : plus ferme et plus ample. »

Elle marqua une hésitation, baissant les yeux d'un air un peu confus, puis se redressa, le regard en attente, semblant lui dire qu'elle était prête et qu'il n'avait qu'à commencer, lui, à chanter ce qu'il voulait.

Grand embarras pour Shimamura, qui n'avait rien d'un chanteur malheureusement. Homme de théâtre et de danse, il n'ignorait rien de la musique Nagauta et connaissait par cœur à peu près tout le répertoire des scènes de Tokyo. Mais il n'avait jamais appris à chanter et, dans son idée, la psalmodie des « poésies longues » appartenait à la déclamation rythmée du théâtre et convenait au jeu des acteurs beaucoup mieux qu'à l'art plus intime du divertissement offert par la geisha.

« Monsieur ferait-il le difficile ? plaisanta à demi Komako, dont la lèvre esquissa une moue adorable tandis qu'elle plaçait le samisen sur son genou, et, le regard grave, changée en une autre personne tout à coup, elle n'eut plus d'yeux que pour la partition posée devant elle.

— C'est celui que je travaille depuis l'automne », déclara-t-elle.

Et ce fut l'air de Kanjinchô qu'elle se mit à jouer.

Instantanément Shimamura se sentit comme électrisé, parcouru par un long frisson qui lui mit la chair de poule jusque sur le plein des joues, pensa-t-il. Il lui sembla que les premières notes creusaient un creux dans ses entrailles, y ménageaient un vide où venait retentir, pur et clair, le son du samisen. C'était plus que de l'étonnement chez lui : une stupéfaction qui l'avait presque renversé, assommé comme un coup bien ajusté. Emporté dans un sentiment qui confinait à la pure vénération, submergé, noyé presque sous une mer de regrets, attendri, perdant pied, incapable de résister, il n'avait plus qu'à se laisser aller à cette force qui l'emportait, à se livrer sans défense, avec joie, au bon plaisir de Komako. Elle pouvait faire de lui ce qu'elle voudrait.

Mais quoi ? Ce n'était après tout qu'une geisha montagnarde, une femme qui n'avait pas encore vingt ans : il n'était pas possible qu'elle eût un tel talent ! La pièce où ils se trouvaient n'était pas grande, mais ne jouait-elle pas aussi prétentieusement que si elle se fût trouvée sur une grande scène ? Tout entier sous le charme que suscitait en lui la poésie de la montagne, Shimamura s'abandonna à son rêve. Komako continuait de psalmodier sur un ton volontairement monocorde, détaillant tel passage avec une application qui le ralentissait, escamotant tel autre, dont les difficultés d'exécution ne lui paraissaient qu'ennuyeuses au début ; mais peu à peu cédant elle-même à un évident envoûtement, ravie en une sorte d'ivresse magique. Et son chant enhardi précipita Shimamura dans une espèce de vertige, dont il se défendit, ne sachant pas jusqu'où la musique pourrait l'entraîner, en se donnant un air distant, nonchalant, la tête reposée sur sa main.

Il retrouva sa liberté de pensée avec la fin du chant. « Elle m'aime. Cette femme est amoureuse de moi. » Mais cette idée le gêna.

Komako avait plongé son regard dans le ciel pur au-dessus de la neige. « La résonance est tout autre par un temps pareil. » La richesse de la sonorité, sa puissance harmonique étaient bien, en effet, comme elle l'avait laissé entendre. Et quelle différence, aussi, par le cadre, dans cette solitude intime, loin des embarras de la ville, loin des artifices de la scène, sans les murs du théâtre, le public, au cœur de cette claire matinée d'hiver, dans cette transparence de cristal où le cristal de la musique semblait élancer son chant vibrant et pur jusque sur les pointes neigeuses des montagnes, au loin, là-bas, à l'horizon !

Livrée à elle-même, travaillant seule sa musique dans ce coin perdu de ses montagnes, Komako n'était-elle pas pénétrée, enrichie dans son être par les ressources magiques, les puissances secrètes et les vertus de cette nature, avec laquelle elle communiait peut-être à son insu ? La nature grandiose et sauvage de la haute vallée. Ne la trouvait-elle pas dans sa solitude même, la force triomphale de sa farouche volonté, qui lui permettait de dompter jusqu'à ses propres peines ? Car même en tenant compte des rudiments qu'elle avait pu acquérir à la base, partir de la seule partition écrite pour parvenir à l'exécution de cette musique difficile, l'avoir travaillée ainsi et pouvoir enfin la jouer de mémoire, cela représentait incontestablement un triomphe immense de la volonté.

Peine perdue que cette façon de vivre. Energie gâchée. Effort vain. Shimamura le pensait, non sans entendre au fond de soi le long appel muet qui réclamait sa sympathie du fond de cette désolation. Et pourtant cette façon qu'elle avait de vivre, son être même ne s'en trouvaient pas moins sanctifiés, eût dit Shimamura, dignifiés immensément par le samisen.

Sensible à l'émotion musicale avant tout et ne connaissant rien aux subtilités de la technique pure, peut-être aussi Shimamura était-il l'auditeur idéal pour Komako ?

Quoi qu'il en fût, elle en était à son troisième morceau, le Miyakadori. Et Shimamura, sans doute sous l'effet caressant de cette musique voluptueuse et tendre, Shimamura chez qui le frisson électrique s'était détendu pour laisser couler en lui une exquise chaleur, Shimamura, pénétré d'un sentiment profond d'intimité charnelle, leva les yeux sur Komako et contempla son visage.

Ce nez menu et haut, avec ce petit air orphelin qu'il avait d'ordinaire, semblait tout ragaillardi aujourd'hui par la belle couleur vive et chaude des joues. « Moi aussi, je suis là ! » avait-il l'air de dire. Sur le rebord charnu de ses lèvres, délicieusement closes en un délicat bouton de fleur, on voyait danser un éclat de lumière ; et quand elles s'entrouvraient pour laisser passer le chant, c'était un instant à peine, et bien vite elles se refermaient en bouton. Leur mouvement séduisant, tendu seulement pour se relâcher avec plus d'abandon et de charme, était l'expression même de tout son corps, un instant raidi comme pour mieux retrouver la lascive féminité de sa belle jeunesse. L'éclat de son regard, candidement humide et brillant, était plus juvénile encore ; ses yeux restaient ceux d'une toute jeune fille, presque une enfant, avec la vigueur de son teint naturel de fille des montagnes, si candide, sous le fin visage polissé de la geisha citadine. Son grain de peau évoquait le poli d'un oignon frais pelé ou, mieux encore, d'un bulbe de lis, mais avec une touche rosée descendant jusqu'au creux de son décolleté. Un parfum de propreté dominait tout.

Raidie dans une posture qui lui donnait un air plus juvénile que jamais, Komako exécutait maintenant, en lisant sa musique, un morceau qu'elle ne savait pas tout à fait par cœur encore. Quand elle l'eut achevé, elle inséra, d'un geste aussi éloquent que silencieux, son plectre entre les cordes. Son attitude, tout aussitôt, retrouva sa souplesse charmante, avec ce rien d'abandon qui lui donnait tant de séduction.

Shimamura cherchait en vain quelque chose à dire, mais Komako n'avait pas grand souci, apparemment, de connaître son jugement sur sa façon de jouer. Franchement, elle se montrait contente d'elle sans y mettre de fausse modestie.

« Peux-tu reconnaître à coup sûr, à l'oreille, quelle est la geisha qui joue, quand tu entends un air sur le samisen ?

— Ce n'est pas difficile : il n'y a guère ici qu'une petite vingtaine de geishas. Mais cela dépend tout de même un peu du morceau exécuté : certains airs, selon la nature de leur style, révéleront mieux que d'autres la personnalité de l'interprète. »

Elle s'amusa alors à placer son instrument, en glissant les jambes de côté, de telle sorte qu'il fût calé sur le revers de son mollet.

« C'est comme cela qu'on le tient quand on est enfant », expliqua-t-elle, en se penchant sur le samisen comme si elle eût été trop petite. « Noi-oi-oirs cheveux... » chantonna-t-elle d'une voix aigrelette et hésitante, comme une enfant.

« C'est la première chanson que tu as apprise ?

— Vi-vi », continua-t-elle en poursuivant le jeu, imitant sans doute à la perfection la petite fille qu'elle avait été, à l'âge où elle ne pouvait pas encore tenir correctement l'instrument aux trois cordes.

QUAND elle avait passé la nuit chez Shimamura, Komako n'essayait plus de partir à l'aube. Une voix enfantine ne tardait pas à l'appeler : « Komako ! Komako ! » avec un accent chantant : la petite fille des propriétaires, presque un bébé (elle avait deux ans à peine) avec laquelle Komako s'amusait si gaiement dans le kotatsu, qu'elle lui donnait ensuite son bain en même temps qu'elle, vers midi.

Ce matin-là, tout en la coiffant dans la chambre, après le bain, Komako bavardait :

« Chaque fois qu'elle aperçoit une geisha, elle l'appelle « Komako » de sa petite voix avec son drôle d'accent. Et quand elle voit sur une image une femme portant la haute coiffure traditionnelle, c'est aussi une Komako. Les enfants ne s'y trompent pas : ils savent qui les aime ! « Viens vite, Kimi, nous allons « jouer chez Komako ! »

Elle était prête à partir et s'éloigna du kotatsu ; mais indolente, elle s'arrêta sur la véranda, regardant dehors.

« Ces enragés de Tokyo ! Déjà à faire du ski ! »

Orientée au midi, la chambre donnait en effet sur les champs de neige du versant nord de la montagne.

Resté dans le kotatsu, Shimamura tourna la tête pour voir : des coulées de neige plaquées sur la pente et cinq ou six noires silhouettes en costume de ski, glissant en zigzags d'étage en étage sur la faible pente des champs en terrasse, dont on apercevait les murettes de séparation tant la couche de neige était mince. Comme des jouets un peu grotesques.

« Serait-ce dimanche aujourd'hui ? On dirait des étudiants, remarqua-t-il. Je me demande si c'est amusant...

— Ce ne sont pas des débutants en tout cas, commenta Komako en se parlant comme à soi-même. Nos touristes montrent toujours de la surprise quand une geisha leur adresse un bonjour sur les pentes de ski : sous son hâle de neige, ils ne l'auraient pas reconnue. Le soir, ils ne nous voient que poudrées à blanc.

— Tu portes le pantalon et le blouson de ski ?

— Non, simplement notre gros hakama [1]. Mais que c'est donc assommant, cette saison de ski ! Les clients qui nous voient le soir, à l'auberge, veulent toujours nous retrouver le lendemain pour faire du ski. Je crois bien que je vais m'en passer cet hiver... Allons, maintenant je vous dis au revoir. Viens-tu, Kimi ? Avec le froid qu'il fait, il pourrait bien y avoir de la neige ce soir. Ici, on a toujours du froid la nuit d'avant. »

Shimamura était venu sur la véranda, regardant Komako qui descendait, guidant les pas de la petite Kimi sur le chemin en pente raide au-dessous des champs de neige.

Des nuages s'amoncelaient dans le ciel, et derrière les montagnes déjà plongées dans l'ombre, d'autres montagnes se dressaient, encore nimbées de lumière. Les jeux incessants de la lumière et de l'ombre dessinaient un paysage qui paraissait glacé, et déjà l'ombre avait enveloppé les pentes réservées aux

1. Le « pantalon montagnard ».

skieurs. Les aiguilles de glace sous le bord du toit gouttaient encore, mais Shimamura, en baissant les yeux, constata que déjà ces gouttes gelaient sur les chrysanthèmes flétris par le froid, juste sous sa fenêtre.

La soirée n'apporta pas la neige. Une tourmente de grêle tourna en une pluie longue et froide.

Arrivé à la veille de son départ, Shimamura avait fait demander Komako pour la soirée. C'était par une claire nuit de lune, avec un froid mordant. Mais Komako, sur les onze heures, insista pour aller faire une promenade et le tira énergiquement hors du kotatsu.

Le chemin était dur sous le gel, et le village dormait sous le ciel froid. Komako avait retroussé son long kimono et en avait glissé le pli dans son obi. La lune était comme une lame fichée dans un bloc de glace, d'un éclat bleu d'acier.

« Allons jusqu'à la gare, proposa Komako avec un entrain sans réplique.

— C'est de la folie, voyons ! Cela fait près de deux kilomètres, rien que pour y aller !

— Mais vous allez bientôt repartir pour Tokyo, n'est-ce pas ? s'obstina-t-elle. Alors nous pouvons bien aller voir un peu la gare. »

Ils marchèrent, et Shimamura sentit le froid le percer de la nuque aux orteils.

A peine de retour dans la chambre, Komako, désespérée, se laissa tomber plutôt qu'elle ne s'assit, sans un mot, la tête profondément penchée, les bras enfoncés dans le kotatsu. Bizarrement, elle refusa d'accompagner Shimamura au bain.

Lorsqu'il revint, il la trouva, chagrine et accablée, assise à côté du lit qui avait été placé de façon que le matelas, au pied, fût à l'intérieur du kotatsu. Elle ne prononça pas un mot.

« Qu'est-ce qu'il y a ?

— Je vais rentrer à la maison.

— C'est une lubie ridicule !

— Mettez-vous au lit. Je resterai un petit moment assise ici.

— Mais pourquoi veux-tu rentrer chez toi ?

— Je ne vais pas rentrer. Je resterai comme ceci jusqu'au matin.

— Ne sois donc pas si compliquée !

— Je ne suis pas compliquée, pas du tout compliquée, non, non.

— Alors ?...

— C'est que... je suis indisposée. »

Shimamura eut un rire.

« C'est tout le drame ? Eh bien, tu dormiras tranquille.

— Non, je ne veux pas.

— Mais aussi quelle idée d'avoir voulu sortir pour aller courir jusqu'à l'autre bout du pays !

— Je rentre... Je rentre chez moi.

— Il n'y a aucune raison, que je sache.

— Ah ! je ne peux pas dire que les choses soient faciles pour moi ! Vous devriez repartir pour Tokyo. Ce n'est vraiment pas facile pour moi ! » laissa-t-elle échapper, la tête profondément inclinée sur le kotatsu.

Etait-ce le chagrin de se sentir entraînée ou attachée trop profondément quand il ne s'agissait que d'un simple touriste ? Etait-ce d'avoir à en retenir l'aveu, au contraire, en cet instant le plus délicat ? Quoi qu'il en soit, voilà donc où elle en est ! songea Shimamura, qui demeurait silencieux lui aussi.

« Je vous en supplie : retournez à Tokyo !

— A la vérité, j'avais dans l'idée de repartir demain.

— Quoi ? Oh non !... Vous n'allez pas partir, il n'y a pas de raison, n'est-ce pas ? »

Elle avait sursauté comme quelqu'un qui se réveille brusquement, avec un étonnement un peu hagard dans les yeux.

« Que mon séjour soit plus ou moins long, qu'est-ce que je puis faire de plus pour toi ? »

Komako eut sur lui un long regard, et brusquement elle éclata :

« Vous ne pouvez pas dire des choses pareilles ! Ah non ! Quelle raison avez-vous de me dire cela ? »

Nerveusement, elle s'était levée et lui avait jeté les bras autour du cou.

« C'est mal à vous de parler comme cela ! Allons, levez-vous ! Levez-vous, je vous dis ! »

Des mots incohérents se bousculaient sur ses lèvres tandis qu'elle se jetait à côté de lui, oubliant complètement, dans son émoi, l'inconvénient naturel auquel elle avait fait allusion l'instant d'avant.

Un peu après, elle rouvrit les yeux, lui offrant son regard humide et chaud.

Ramassant machinalement les cheveux qu'elle avait perdus sur le lit :

« Il faut vraiment que vous partiez demain », affirma-t-elle.

Sa voix était calme et son ton paisible.

Shimamura, qui devait prendre le train de trois heures, était en train de se changer, le lendemain, au début de l'après-midi, quand l'aubergiste appela Komako sur la porte et lui parla dans le couloir.

« ... Voyons !... Nous dirons que cela fait quelque chose comme onze heures. »

C'était la voix de Komako, et il comprit qu'il s'agis-sait de ses honoraires de geisha qui eussent dû por-ter sur seize ou dix-sept heures en réalité, ce que l'aubergiste estimait peut-être excessif. Le compte, en tout cas, fut établi sur le seul tarif horaire :

« Partie à cinq heures » ou « Partie à minuit » sans les extras habituels comptés pour la nuit.

Portant une pèlerine et une voilette blanche, Komako l'accompagna à la gare.

Ayant fait l'emplette des petits cadeaux qu'il voulait rapporter à Tokyo, il avait encore une vingtaine de minutes devant lui. Tout en se promenant avec Komako sur la petite place en terrasse devant la gare, Shimamura s'était pris à songer, tout en le contemplant, à l'exiguïté de ce mince vallon serré dans la masse des monts enneigés. C'était comme une poche d'ombre, un trou si solitaire au sein des solitudes montagnardes ! Et les cheveux si intensément noirs de Komako lui faisaient un effet émouvant et un peu triste.

Le soleil jetait un éclat pâle, là-bas, sur une des pentes de la chaîne, du côté où s'en allaient au loin les eaux du torrent.

« Cela a pas mal fondu depuis que je suis arrivé, constata Shimamura, le regard perdu sur les montagnes.

— Oh ! qu'il neige seulement deux jours, et nous en aurons bien deux mètres ! Et puis il se remettra à neiger, et bientôt les lampadaires que vous voyez là seront engloutis. Moi, je viendrai me promener par ici en pensant à vous, et l'on me retrouvera pendue à l'un de ces fils !

— Vraiment, vous avez tant de neige que cela ?

— On raconte qu'à l'école, dans le bourg voisin sur la ligne, les gosses y plongent tout nus de leur dortoir, à l'étage, et qu'ils se déplacent en dessous, invisibles dans l'épaisseur, comme s'ils nageaient sous l'eau. Ah ! voici un chasse-neige !

— J'aimerais voir la neige aussi profonde, avoua Shimamura ; mais je pense qu'il ne doit plus y avoir une place à l'auberge, et puis, la voie risque d'être coupée par les avalanches.

— Pas de problème d'argent en ce qui vous concerne, n'est-ce pas ? Vous avez toujours pu dépenser autant que cela ? demanda-t-elle en s'arrêtant pour le dévisager. Pourquoi ne gardez-vous pas la moustache ?

— J'y ai déjà songé », dit Shimamura en se passant la main sur l'ombre bleue de sa barbe frais rasée, dont le double sillon le long de sa lèvre soulignait la douceur de ses joues. Est-ce cela, se demanda-t-il, que Komako trouve séduisant ? Il plaisanta : « Vous avez un peu l'air, vous aussi, d'être rasée de frais lorsque vous enlevez votre couche de poudre.

— Oh ! écoutez ! Les corbeaux [1]... Ce qu'ils peuvent être lugubres !... Je me demande où ils sont. Brr ! quel froid !... »

Elle frissonnait et serrait les épaules, le regard cherchant dans le ciel.

« On entre se réchauffer près du poêle dans la salle d'attente ? proposait Shimamura, lorsqu'ils virent une silhouette en gros hakama, qui accourait sur la large avenue menant de la route transversale à la gare.

— Komako ! Yukio... Komako ! haletait Yôko, à bout de souffle et s'accrochant à elle comme une enfant effrayée à sa mère. Komako ! Vite, vite, à la maison ! Tout de suite ! Yukio est au plus mal ! Vite ! »

Komako avait fermé les yeux sous le choc de ce corps qui s'était jeté sur elle, suspendu à ses épaules, et qui lui avait peut-être fait mal. Son visage avait blêmi. Et pourtant, avec une fermeté surprenante, elle secoua la tête en disant :

« Je ne puis rentrer. Impossible. Je suis avec un client. »

Shimamura en fut abasourdi.

1. Entendre les corbeaux : présage de mort.

« Rester jusqu'au départ du train n'est pas indispensable, protesta-t-il.

— Mais vous me quittez, et qui sait quand je vous reverrai ?

— Je reviendrai, c'est sûr. Je reviendrai. C'est promis. »

Yôko, sans rien entendre de leur dialogue, coupa en expliquant fébrilement :

« J'ai téléphoné à l'auberge à l'instant. Ils m'ont dit que vous étiez à la gare et j'ai couru jusqu'ici d'une seule traite, sans reprendre souffle. Yukio vous a réclamée. Il vous demande, insista-t-elle en se suspendant à Komako, qui la repoussa d'un geste impatient.

— Mais laissez-moi donc en paix ! »

Ce fut elle, toutefois, qui chancela, prise soudain de violents hoquets qu'elle réussit à contenir, lèvres serrées. Ses yeux s'étaient emplis de larmes ; la chair de poule lui marbrait les joues.

Yôko, immobile et raide, fixait Komako avec intensité, et son visage, figé comme un masque, était empreint d'une si totale solennité qu'il était impossible de dire si c'était de stupéfaction, d'angoisse ou de colère. Un visage que Shimamura trouva d'une pureté, d'une simplicité extraordinaires.

Sans le moindre changement d'expression, Yôko pivota sur elle-même, s'agrippa à Shimamura :

« Je vous prie de m'excuser, mais laissez-la rentrer à la maison, voulez-vous ? lança-t-elle d'une voix étranglée, presque suraiguë. Laissez-la rentrer !

— Mais naturellement, voyons ! cria Shimamura. Komako ! Il faut retourner à la maison maintenant. C'est trop bête !

— En quoi est-ce que cela vous regarde ? » jeta Komako en écartant violemment Yôko, toujours suspendue au bras de Shimamura.

Il y avait un taxi en station devant la gare, et

Shimamura essaya d'attirer l'attention du chauffeur en lui faisant signe, mais Yôko lui serrait le bras si fort qu'il en avait les doigts engourdis.

« Le taxi va la ramener, dit-il à Yôko. Partez donc devant, voulez-vous ? On commence à nous regarder. »

Déjà Yôko avait acquiescé de la tête, sans un mot, et elle s'éloignait à une vitesse incroyable, laissant Shimamura tout pantois, en train de se demander pourquoi elle était toujours si raisonnable, si sérieuse, encore qu'il se reprochât d'avoir de pareilles idées en un pareil moment.

Il lui semblait l'avoir toujours dans son oreille, cette voix d'une beauté bouleversante jusqu'à la tristesse, qui lui revenait comme un vivant écho des lointaines montagnes sous leur neige.

« Que faites-vous ? Où allez-vous ? jeta Komako en retenant Shimamura qui venait de retenir le taxi et voulait s'approcher. Non, non ! Je ne veux pas ! C'est inutile : je ne rentrerai pas. »

Révolté, Shimamura éprouva un bref instant comme une aversion physique à son sujet.

« J'ignore ce qu'il peut y avoir entre vous trois, dit-il ; mais cet homme est peut-être en train de mourir en ce moment même. N'est-elle pas venue te chercher parce qu'il te demandait ? Parce qu'il voulait te voir ? Alors, sois donc un peu gentille et vas-y. Tu en auras peut-être un remords toute la vie, de n'être pas rentrée, penses-y ! Il peut passer pendant que tu restes ici... Va, ne fais pas l'entêtée. Oublie et pardonne !

— « Oublie et pardonne » ? Qu'avez-vous cru comprendre ? Vous n'y êtes pas. Vous n'y êtes pas du tout.

— Bon. Mais lorsque tu es partie pour Tokyo, il a été le seul à t'accompagner à la gare. N'est-ce pas toi qui me l'as dit ? Et crois-tu qu'il soit bien de refuser

un dernier adieu à celui dont le nom est inscrit sur
la toute première page du tout premier cahier de ton
journal, comme tu me l'as appris hier ? Pour lui, ce
sont les toutes dernières lignes de sa dernière page,
maintenant !

— Oui, mais je ne veux pas le voir. Je ne veux pas
voir un homme mourir. »

Froide sécheresse de cœur ou excès de passion au
contraire ? Entre ces deux explications, Shimamura
ne savait pas choisir.

« Je serai bien incapable de le tenir désormais,
mon journal ; il ne me reste qu'à le brûler », dit-elle
presque dans un murmure, comme en se parlant à
soi seule. Puis, le visage empourpré : « Vous êtes un
homme de cœur, n'est-ce pas ? Quelqu'un de foncièrement bon et simple, oui ? Parce que si vous l'êtes
réellement, cela ne me ferait rien de vous envoyer
mon journal en entier. Mais ne vous moquez pas...
Non, je suis sûre que vous êtes un cœur loyal, généreux et sans duplicité. »

Un attendrissement gagna Shimamura, qui eût été
bien empêché de définir lui-même l'émotion à laquelle
il cédait. Il ne douta pas un instant de sa droiture
exemplaire, de son inaltérable richesse de cœur :
incontestablement, à ses propres yeux, il apparaissait
lui-même comme l'honneur personnifié et il ne pouvait être que le plus honnête homme du monde. Le
souci qu'il avait de persuader Komako, il l'avait
oublié. Qu'elle rentrât décidément chez elle, il n'en
avait cure. De son côté, Komako ne dit plus rien.

Un employé de l'auberge vint les avertir qu'ils pouvaient passer sur le quai.

Dans leur sombre et morne vêtement d'hiver, il y
eut quatre ou cinq villageois pour monter dans le
train ou en descendre.

« Je ne vous accompagne pas sur le quai. Au
revoir ! »

Et Komako resta là, regardant par la fenêtre vitrée et close de la salle d'attente. A travers la glace du compartiment, elle avait quelque chose d'un fruit étrangement exotique, qui se fût trouvé inexplicablement exposé dans la vitrine sordide de quelque misérable boutique du pays. Et quand le train se mit à rouler, l'espace d'un bref instant, un reflet vint tomber sur la fenêtre de la salle d'attente : le visage de Komako y apparut comme une lueur, pour disparaître aussitôt. Et le vermeil de ses joues, tout irréel déjà, avait eu le même éclat que celui qui s'était piqué au cœur de la neige éblouissante dans le miroir matinal. De nouveau, pour Shimamura, ce fut la couleur annonçant un adieu au monde du réel.

Le train se hissa sur le flanc nord de la chaîne et s'engouffra dans le long tunnel. Lorsqu'il en déboucha, on eût dit que la lumière incertaine de l'après-midi hivernal se fût engloutie déjà au sein ténébreux de la terre. Quant aux vieux wagons ferraillants, ils avaient apparemment laissé dans le tunnel leur brillante livrée de givre et de neige. On descendit alors une vallée, où déjà les ombres à peine teintées du crépuscule comblaient les précipices, que laissaient entrevoir les hauts sommets entassés l'un sur l'autre. Ce versant-ci ne présentait pas trace de neige encore.

La voie courut le long d'une rivière pour atteindre bientôt la plaine. Profilant son étrange architecture de tours, de flèches et de créneaux sur la ligne des sommets, la montagne étalait gracieusement ses belles pentes en moutonnant jusqu'aux ultimes contreforts, où la lune avait sa teinte de la fin du jour. C'était un point d'attraction, le seul, sans rien d'autre, dans toute l'affligeante monotonie de la plaine déserte. Et sur le ciel harmonieusement doré, vint ressortir distinctement, tout entière, la silhouette grandiose de cette montagne drapée dans une pourpre profonde. La lune, qui avait perdu déjà la fadeur de son diurne éclat, restait pâle pourtant encore et n'avait rien de ce brillant tout frémissant que lui donne la transparence de la haute nuit d'hiver. Tout le ciel était immobile ; pas un oiseau en vol. A droite ni à gauche, rien ne venait rompre la ligne douce de l'horizon des montagnes lointaines, jusqu'aux derniers et menus vallonnements qui s'en venaient, s'étirant souplement, jusqu'à la rivière, près de laquelle le regard se heurtait avec surprise au carré blanc d'un bâtiment : sans doute une centrale électrique. C'était le dernier volume qui ramassait sur lui tout ce qu'il pouvait rester de jour dans le paysage terni, tel qu'il se découpait si mélancoliquement dans le cadre de la fenêtre de ce train hivernal.

Peu à peu, le chauffage embua la glace de la fenêtre, à mesure que s'éteignait dehors le paysage de la plaine défilante ; et le jeu du miroir recommença comme tout se recommence éternellement, reflétant cette fois de vagues silhouettes de voyageurs dans sa demi-transparence. Le train, avec ses trois ou quatre wagons à bout d'usure et d'un autre âge, ne ressemblait en rien aux rapides des grandes lignes centrales : on y était comme dans un train d'un autre pays tout étrange. L'éclairage y était jaune et bas.

Tout entier livré aux rêveries et aux fumées de son imagination, Shimamura se voyait voyageant dans l'irréel, emporté vers le grand Vide éternel, hors le temps et l'espace, par quelque véhicule surnaturel. Sur le rythme monotone battu par le bruit des roues, peu à peu, il entendit parler la voix de celle qu'il venait de quitter. Hachées et saccadées, ses paroles signifiaient du moins qu'elle était bien vivante, intense et réelle dans son éclatante vitalité ; et Shimamura, parce qu'il ressentait une souffrance à l'entendre, sut qu'il ne l'avait pas oubliée. Mais pour l'homme qui s'éloignait d'elle à présent, pour le Shimamura actuel, cette voix s'estompait déjà dans la distance de l'éloignement, incapable de susciter en lui autre chose qu'un surcroît de la tristesse inhérente aux voyages.

Qui sait si Yukio avait rendu le dernier soupir à présent ? Et qui sait si Komako, qui avait ses raisons de ne pas vouloir rentrer, était quand même revenue à temps ?

Dans son wagon, les voyageurs étaient si peu nombreux que Shimamura se sentit mal à l'aise. Il ne voyait, à son côté, qu'un homme aux approches de la cinquantaine, en face de qui, penchée pour ne rien perdre de ce qu'il disait et lui répondant avec une ardeur joyeuse, se tenait une jeune paysanne. Elle avait serré un châle noir sur ses épaules fermes et bien en chair ; ses joues avaient une carnation d'un rouge magnifiquement sauvage. Voilà un couple parti pour un long voyage, se dit Shimamura.

Mais comme le train s'arrêtait — on pouvait voir de la gare les hautes cheminées des filatures — l'homme se leva précipitamment, saisit dans le filet un simple panier d'osier qu'il lança sur le quai par la portière de la voiture.

« A la revoyure ! lança-t-il à la jeune paysanne en s'en allant en hâte, on se rencontrera peut-être un de ces jours ! »

Shimamura en aurait pleuré. L'incident l'avait pris au dépourvu, déchiré lui-même en le rejetant au vif de sa conscience : il venait de faire ses adieux à Komako et il était dans le train qui le ramenait chez lui.

Une simple rencontre de hasard, dans le train. C'était l'éventualité à laquelle il n'avait pas songé un seul instant. L'homme pouvait être un voyageur de commerce.

Sur le point de quitter Tokyo pour un nouveau séjour en montagne, aux premiers jours de l'automne, Shimamura avait entendu sa femme lui recommander de ne pas laisser ses vêtements suspendus au mur ou sur les porte-kimonos : « C'est en cette saison que les papillons de nuit pondent », lui avait-elle dit.

Des papillons de nuit, il y en avait, en effet, à l'auberge : posés sur la lanterne qui décorait le revers de l'avant-toit, il en compta six ou sept, de grande taille et d'un jaune maïs ; dans l'antichambre, il en vit un plus petit, mais l'abdomen si gonflé et si lourd que ses ailes en paraissaient ridicules.

On n'avait pas encore retiré des fenêtres l'écran des moustiquaires de l'été. En s'approchant, Shimamura observa encore un papillon sur l'un des cadres, immobile comme s'il y eût été pris à la glu. Ses antennes dressées, telles de fines laines, avaient la couleur de l'écorce de cèdre, et ses ailes quasi diaphanes, d'un vert très pâle, étaient longues comme un doigt de femme. Le rideau des montagnes, à l'arrière-plan, déployait déjà les riches teintes de l'automne sous le soleil couchant, ses rousseurs et ses rouilles, devant lesquelles, pour Shimamura, cette unique touche d'un vert timide, paradoxalement, prenait la teinte même de la mort. Le vert gagna un peu d'intensité quand les ailes doubles se recouvrirent, de chaque côté du corps, frémissant dans le vent d'automne comme de minces feuilles de papier.

Shimamura, qui se demandait si l'insecte était mort, vint gratter du doigt le fin tamis de l'écran ; mais il ne bougea pas. Quand il frappa le treillis d'un petit coup sec, il tomba, telle une feuille morte, lent et léger dans sa chute, voletant et remontant avant de toucher le sol.

En face, devant l'alignement des cèdres, des myriades de libellules dansaient avec le vent, emportées comme les aigrettes du fruit de pissenlit. Et les eaux jaillissantes du torrent semblaient sourdre au bout même des plus longues branches des cèdres.

Quant au tapis de fleurs argentées que l'automne avait déposé sur les pentes de la montagne, jamais, non, jamais il ne pourrait arriver à en saturer son regard.

Lorsqu'il revint du bain, il aperçut dans l'entrée une de ces Russes blanches qui font du colportage. « On les rencontre donc jusqu'ici, en pleine montagne, ces femmes-là ? » s'étonna-t-il ; et il s'approcha.

La quarantaine, sans doute ; un visage ridé et poussiéreux, mais la peau fine, d'une blancheur pure et satinée partout ailleurs, sur la gorge décolletée, les bras et les mains.

« D'où venez-vous ? lui demanda Shimamura.

— D'où je viens ? D'où je viens ? » répéta-t-elle avec embarras, ne sachant que répondre apparemment. Et elle se mit à fourrager dans sa pacotille : des articles japonais les plus vulgaires, des cosmétiques, peignes d'ornement et épingles de chignon sans valeur.

Sa robe, qui avait plutôt l'air d'un drap malpropre qu'elle se serait roulé autour du corps, n'évoquait plus en rien le costume occidental ; on eût dit qu'elle avait pris, au contraire, un petit quelque chose de japonais. Mais elle n'en portait pas moins des chaussures étrangères.

Venue à côté de Shimamura surveiller le départ de la Russe, la femme de l'aubergiste repassa dans le bureau avec lui. Devant l'âtre, ne montrant que son large dos, se trouvait une femme qui prenait congé et s'en alla, tenant à la main le bas de son long et cérémonieux kimono noir. Shimamura l'avait reconnue: c'était une geisha, qu'il lui souvenait avoir vue en compagnie de Komako sur une photo publicitaire, chaussées de skis l'une et l'autre, et portant le gros hakama de montagne par-dessus leur kimono de soirée. Elle ne paraissait plus très jeune, et ses formes enveloppées lui donnaient un air accommodant et sympathique.

L'aubergiste, qui était en train de faire réchauffer sur la braise des gâteaux lourds de pâte et de forme oblongue, se tourna vers Shimamura :

« Voulez-vous en prendre un ? C'est pour fêter la fin de son contrat que la geisha, qui vient de sortir, les a apportés.

— Elle quitte donc le métier ?

— Oui.

— Elle a l'air d'être une chic fille, non ?

— Tout le monde l'aimait bien. Elle fait aujourd'hui sa tournée d'adieu. »

Après avoir soufflé dessus, Shimamura mordit à pleines dents dans le gâteau, dont la dure croûte un peu acidulée craqua, laissant dans sa bouche une odeur de moisi.

Par la fenêtre, on voyait briller dans la lumière du couchant le beau rouge profond des kakis en pleine maturité ; et c'était comme une lueur d'incendie qui venait se refléter jusque sur le bambou du jizaikagi [1] accroché au-dessus de l'âtre.

« Oh ! que ces gerbes sont longues ! s'exclama Shimamura, voyant sur le sentier rapide de vieilles femmes qui descendaient, portant à dos des bottes deux fois plus grandes qu'elles, dont les lourdes pointes pendaient en houppes fermes.

— Nos roseaux du pays, dit l'aubergiste, la kaya.

— La vraie kaya ?

— Oui. Pour l'exposition des stations thermales, la direction des chemins de fer avait reconstitué une auberge rustique, dont le pavillon de thé fut chaumé avec la kaya de nos montagnes. C'est quelqu'un de Tokyo qui l'a acheté tel quel.

— La vraie kaya ? s'étonna Shimamura à nouveau, presque à mi-voix. C'est donc elle qui argente ainsi la pente des montagnes ? J'aurais cru que c'étaient des fleurs... »

Car la première chose qui l'avait frappé à sa descente du train, c'était ce splendide manteau blanc d'argent, resplendissant haut dans la montagne sous le soleil, et si brillant qu'on eût dit que les flots de la lumière automnale ruisselaient à même la terre. Une joie rayonnante naissait de cette magnificence, et quelque chose, en lui, s'était secrètement épanoui : une voix de félicitation qui se disait : « Ah ! m'y voici enfin ! »

Et pourtant les longues tiges gerbées qu'il voyait maintenant de si près lui apparaissaient comme très différentes. Il avait peine à croire que ce fussent là les plantes merveilleuses de ce tapis magique. Elles étaient serrées en énormes bottes, sous lesquelles disparaissaient à demi les porteuses, et leurs extrémités traînaient sur les cailloux du sentier raboteux,

---

1. Crémaillère pour l'âtre en carré dans le sol, où brûle un feu clair.

que balayait sans en souffrir le long panache de leurs aigrettes fermes.

Quand il fut dans sa chambre, le jour baissait. Il y avait tout juste encore assez de vague lumière dans l'antichambre pour qu'il pût voir, sur la laque noire d'un cintre, le papillon au gros abdomen en train de pondre le chapelet de ses œufs. Il entendit des insectes se cogner contre la lanterne, sous l'auvent. Le chant constant des mille insectes de l'automne ne s'était pas interrompu avec le coucher du soleil.

Komako arriva légèrement en retard.

Elle marqua un temps sur le seuil, un regard intense fixé sur Shimamura :

« Qu'avez-vous encore à faire ici ? Pourquoi venez-vous dans un pareil endroit ?

— Pour te retrouver.

— Ce n'est pas votre vraie pensée. Les gens de Tokyo mentent toùjours ; c'est pour cela que je les trouve insupportables. »

Quand elle eut pris place, la voix plus tendre, elle ajouta :

« Je n'irai plus jamais accompagner quelqu'un à la gare. Ce que cela m'a fait de vous voir partir, je ne peux pas le dire !

— Cette fois-ci, je m'en irai sans t'en avertir.

— Mais non. Ce que je voulais dire, c'est que je n'irai pas avec vous à la gare.

— Et pour lui, qu'est-il advenu ?

— Il est mort, bien entendu.

— Pendant que tu étais avec moi ?

— La question n'est pas là. Je ne savais pas qu'un départ pouvait me chavirer à ce point. »

Silencieux, Shimamura hocha la tête.

« Et le 14 février, où étiez-vous ? Je vous ai attendu ; mais je sais à présent quel cas il faut faire de vos promesses... »

Le 14 février, c'est le jour de la « Chasse aux

Oiseaux », une fête des enfants bien faite pour exprimer l'âme de ce Pays de Neige. Tous les gosses du village, dix jours avant la fête, se mettent à tasser la neige sous leurs galoches de paille jusqu'à la rendre dure et dense, assez pour la découper en cubes de deux coudées, dont ils se serviront pour se construire un « palais de Neige » de plus de dix pieds de hauteur sur dix-huit pieds de côté. Comme la grande fête du Nouvel An se célèbre, dans la vallée, aux premiers jours de février, les portes extérieures des maisons sont à ce moment-là encore ornées de leurs cordes de paille, et le 14, les enfants les enlèvent pour en faire un grand feu de joie devant leur Palais de Neige. Criant et se bousculant, ils poursuivent leur ronde en chantant, sur le toit, l'air de la Chasse aux Oiseaux sous la rouge lueur ; et ensuite, à la lueur de la bougie, ils finissent la nuit à l'intérieur de leur palais. Ils reprennent la ronde sur le toit et le chant au lever du jour, et c'est ainsi que finit, le 15 février au matin, la fête de la Chasse aux Oiseaux.

Parce que la fête tombe au moment où il y a le plus de neige, Shimamura avait promis à Komako de revenir à cette date pour assister à la fête.

« J'avais pris des vacances et je me trouvais chez moi en février. Je suis revenue tout exprès ici, ne doutant pas que vous y seriez le 14... J'aurais pu au moins rester à la soigner, si j'avais su !

— Quelqu'un de malade ?

— La maîtresse de musique, sur la côte, avec une pneumonie. Son télégramme m'a touchée quand je me trouvais chez moi, et je suis allée la soigner là-bas.

— S'est-elle rétablie ?

— Non.

— Je suis navré », prononça Shimamura, sans préciser s'il exprimait par là ses condoléances ou son regret d'avoir manqué de parole.

Komako eut une petite inclinaison de tête sur ces

mots. Se servant de son mouchoir, elle épousseta la table. « On est infesté d'insectes ici ! » remarqua-t-elle. Et en effet, son geste fit tomber comme un nuage de minuscules bestioles ailées sur le plancher. Autour de la lampe giroyaient bon nombre de petits papillons de nuit. Quant à l'écran métallique de la fenêtre, il était littéralement tapissé de papillons de toutes sortes qui avaient l'air de nager sur le pâle rayon de lune.

« Mon estomac ! se plaignit-elle en glissant ses mains sous l'obi et en laissant aller sa tête sur le genou de Shimamura. Mon estomac me fait mal. »

Des insectes plus frêles encore et plus minuscules que les plus menus moustiques venaient se prendre sur le fard blanc de son cou. Shimamura en vit plusieurs mourir sous ses yeux.

Il lui trouva la ligne des épaules plus ronde, la nuque mieux en chair que l'année précédente. Il songea qu'elle entrait dans sa vingt et unième année. Une chaleur un peu moite, lui sembla-t-il, pénétrait son genou.

« Allez donc jeter un coup d'œil à la « chambre des Camélias », Komako ! Et ils avaient l'air très contents d'eux, au bureau de l'hôtel. Ces manières, je ne les apprécie pas beaucoup. Je venais de prendre congé de Kikuyû et comptais faire une petite sieste, quand on est venu me dire qu'on avait téléphoné de l'auberge pour me demander. Je me sentais sans entrain pour venir : hier soir, c'était la réception d'adieu de Kikuyû, et j'ai bu à l'excès. Au bureau, ils ont ri sans vouloir me dire qui était là. Je monte et je vous trouve, vous ! Après toute une année écoulée... Seriez-vous de ce genre d'hommes qu'on ne voit qu'une fois l'an ?

— On m'a donné un des gâteaux qu'elle avait apportés.

— A vous ? »

Komako s'était redressée, montrant une joue rougie à l'endroit qui s'était reposé sur le genou de Shimamura. Elle eut ainsi un air presque enfantin.

Kikuyû, l'ancienne geisha, elle lui avait fait un bout de conduite dans le train, lui raconta-t-elle, jusqu'à la seconde station. « Quelle tristesse ! Nous nous trouvions si bien, autrefois, et tout s'arrangeait à l'amiable entre nous. Mais tout a tellement changé par ici ! Chacune devient de plus en plus égoïste. Il en vient de nouvelles, et plus personne ne s'entend plus avec personne. Kikuyû va beaucoup me manquer. Rien ne se faisait sans elle, ici. Et c'était elle qui gagnait le plus de nous toutes. Son patron même avait beaucoup d'estime pour elle. Mais son contrat achevé, voilà donc Kikuyû qui rentre dans son pays.

— Y va-t-elle pour se marier, ou est-ce pour ouvrir une auberge ou un restaurant à son compte ? demande Shimamura.

— Toute son histoire est si triste ! Elle avait été mal mariée pour commencer, après quoi elle est venue ici », se prit à raconter Komako, qui s'arrêta, se demandant visiblement jusqu'où elle pouvait aller sans indiscrétion dans ses confidences. Un instant, son regard se promena dans le clair de lune, sur les champs en terrasse au flanc de la montagne. « La maison neuve qui se trouve à mi-côte sur le chemin, vous la connaissez ? demanda-t-elle.

— C'est un restaurant, non ? Qui s'appelle le Kikumura, si je ne me trompe.

— Oui, c'est bien cela. Il était destiné à Kikuyû, qui a changé d'avis à la dernière minute. On en a fait des gorges chaudes par ici. Elle avait alors un protecteur qui l'avait fait bâtir à son intention ; mais lorsque tout fut prêt, quand elle n'avait plus qu'à s'y installer, voilà qu'elle lâche tout ! Elle s'était mise à aimer et voulait se marier ; mais l'homme est parti tout à coup et l'a laissée. Faut-il toujours que ces choses-là vous arrivent quand vous perdez la tête pour quelqu'un ?... Bref, elle ne pouvait guère revenir à son premier protecteur, pour reprendre le restaurant qu'elle avait si catégoriquement refusé. Après tout ce qui venait de lui arriver, cela lui faisait honte de rester ici en tout cas. Il ne lui restait donc plus rien d'autre à faire que de s'en aller, pour tout recommencer ailleurs, en repartant à nouveau de zéro. Pauvre Kikuyû ! J'ai tant de peine quand j'y pense !... Et puis, il y avait d'autres gens dans sa vie, même si on ne sait pas tout en détail...

— Des hommes ? Combien pouvait-il y en avoir ? Cinq, ou plus peut-être ?

— C'est ce que je me demande, avoua Komako avec un petit rire gêné, en se détournant un peu. Kikuyû n'était pas sans faiblesse... Elle était la faiblesse même.

— Une nature comme cela, qui sait ? Elle n'y pouvait peut-être rien...

— Je ne dis pas, mais quoi ? On ne peut pas perdre la tête pour chaque homme auquel on a plu, dit Komako méditativement, les yeux fixés sur le plancher, tout en se peignant distraitement une mèche de sa coiffure avant de replacer son peigne d'ornement dans le haut chignon. Son départ ne m'a pas été chose facile, en tout cas !

— Mais le restaurant, qu'en est-il advenu ?

— L'épouse de celui qui l'avait fait construire s'en occupe.

— Parfait, vraiment parfait : la femme légitime qui prend la direction du restaurant de la maîtresse...

— Le moyen de faire autrement ?... Tout était prêt pour l'ouverture ; il a bien fallu que la femme vienne s'y installer avec les enfants.

— Et la maison qu'elle habitait ?

— C'est la grand-mère qui s'en occupe, paraît-il.

L'homme est un cultivateur, mais qui aime beaucoup s'amuser. C'est un type fort intéressant.

— Je peux l'imaginer. D'un âge avancé ?

— Plutôt jeune, au contraire. Il peut avoir tout au plus trente et un ou trente-deux ans.

— Il avait donc une maîtresse plus vieille que sa femme ?

— Mais non : elles ont l'une comme l'autre vingt-six ans.

— Et l'épouse n'a pas voulu changer le nom du restaurant ? Car j'imagine que le Kiku, dans son nom de Kikumara, vient évidemment de Kikuyû...

— Oui, mais la publicité étant faite, il était trop tard. »

Voyant Shimamura relever le col de son kimono, Komako s'en fut fermer la fenêtre.

« Kikuyû n'ignorait rien de vous. C'est elle, aujourd'hui, qui m'a annoncé votre présence ici.

— Je l'ai rencontrée en bas, au bureau, quand elle est venue faire ses adieux.

— Elle vous a dit quelque chose ?

— Rien du tout.

— Devinez-vous ce que je ressens ? » fit Komako en ouvrant la fenêtre qu'elle venait à l'instant de pousser, et en se laissant tomber sur l'appui comme pour se jeter dans le vide.

Shimamura, après un moment de silence, remarqua que les étoiles d'ici n'étaient pas du tout comme les étoiles du ciel de Tokyo :

« On dirait presque qu'elles naviguent à la surface du ciel.

— Pas ce soir, toutefois ; il y a trop de lune », protesta Komako, qui ajouta au bout d'un moment : « C'est terrible ce qu'on a pu avoir de neige cet hiver !

— J'ai idée, oui, parce qu'à certains moments le train ne passait plus.

« — Cela finissait par m'effrayer, reprit Komako. Les routes sont restées fermées jusqu'en mai, un mois plus tard que d'habitude. Et le chalet qui fait boutique près des pistes de ski, vous savez ? Une avalanche l'a traversé au premier étage. Du rez-de-chaussée où ils étaient, les gens ont cru tout d'abord à une invasion de rats affamés qui se seraient précipités dans leur cuisine, tellement le bruit qu'ils entendaient leur paraissait étrange. Mais il n'y avait pas de rats, et quand ils sont montés, ils ont tout trouvé bourré de neige, portes et fenêtres emportés. Heureusement, ce n'était qu'une glissade de neige superficielle, pas une grosse avalanche ; mais la radio en a fait grand cas, ce qui a épouvanté les skieurs. On ne les a vus qu'assez peu. Moi, j'avais décidé de ne plus faire de ski et j'avais fait cadeau des miens avant la fin de l'année. Je m'y suis remise pourtant un petit peu. J'en ai fait deux ou trois fois peut-être. Est-ce que j'ai beaucoup changé ?

— Après la mort de la maîtresse de musique, qu'est-ce que tu as fait ?

— Que vous importent les problèmes d'autrui ? J'étais revenue ici et je vous attendais en février.

— Puisque tu te trouvais sur la côte, pourquoi ne m'avoir pas envoyé une lettre ?

— Oh ! je ne pouvais pas, je ne pouvais vraiment pas vous écrire le genre de lettre que votre femme eût pu lire ! Je suis incapable de prendre assez sur moi, tout comme je suis incapable de me mettre à mentir sous prétexte que quelqu'un peut m'entendre. »

Sous la brusque avalanche de ses paroles, Shimamura se contenta d'incliner la tête. Les mots avaient jailli de sa bouche comme un véritable torrent.

« Vous feriez mieux d'éteindre, finit-elle pas dire. Il n'est pas indispensable que vous soyez entouré de cette nuée d'insectes... »

La lune brillait derrière elle, si claire qu'elle ourlait d'ombres nettes ses oreilles et déversait très avant dans la chambre sa lumière, qui vernissait les nattes d'une eau verte et frileuse.

« Non. Je voudrais rentrer chez moi, s'il vous plaît.

— Tu n'as pas changé, comme je vois. »

Et Shimamura, ayant levé la tête, lui trouva quelque étrangeté et scruta ce visage délicatement aquilin.

« On me dit toujours que je n'ai pas changé depuis mon arrivée ici. Mais il n'empêche que je n'avais que seize ans ; et si la vie est toujours la même, les années passent néanmoins. »

Sa chaude carnation laissait deviner une enfance montagnarde, mais sur le fard délicat de la geisha, la lune faisait jouer des reflets nacrés.

« Vous a-t-on dit que j'avais déménagé ?

— Non, tu n'es plus dans le grenier des vers à soie ? Depuis la mort de la maîtresse de musique ? Et tu habites maintenant une vraie maison de geisha ?

— Une maison de geisha ? Si l'on veut, oui... La boutique n'offre que du tabac et des sucreries, et je suis la seule geisha qu'ils aient. Mais je suis sous contrat, cette fois-ci pour de bon : si je veux lire tard dans la nuit, je m'éclaire à la chandelle, afin que le patron n'ait pas l'impression que je gaspille le courant. »

Shimamura pouffa, les mains posées sur les épaules de Komako.

« Il y a le compteur, vous comprenez... Je ne dois pas dépenser trop d'électricité [1].

— Je comprends ! Je comprends bien ! »

---

1. Dans les petites maisons, à la montagne, il est rare qu'il y ait un compteur : on paie le courant proportionnellement au nombre de lampes utilisées.

— Mais ils sont d'une gentillesse extrême avec moi, vous savez. Ils se montrent si charmants, que j'ai peine à croire, parfois, que je suis engagée par eux comme geisha. Qu'un enfant pleure, la maman l'entraîne vite dehors pour que ses cris ne me dérangent pas. Sauf que je ne suis pas couchée à la perfection, je ne puis trouver rien à redire à rien. Tout a été préparé pour moi quand je rentre tard ; mais les matelas ne sont pas bien arrangés l'un sur l'autre et les draps ne sont pas bien tirés, ce qui m'exaspère. Ils sont pourtant si gentils : comment pourrais-je me remettre à faire moi-même mon lit ?

— Ma parole, si tu avais une maison à toi, tu userais ta vie à y faire le ménage !

— Tout le monde le dit. Il y a quatre enfants en bas âge, là-bas, et tout y est perpétuellement sens dessus dessous. Je ne fais que remettre les choses en place tout au long de la journée, je ramasse et je range, en sachant très bien que tout est à recommencer derrière mon dos. Mais quoi faire ? Je n'arrive pas à me changer. Il faut que tout soit propre et bien en ordre autour de moi, autant qu'il est possible. C'est comme un besoin, comprenez-vous ?

— Je comprends.

— Qu'est-ce que vous comprenez, voulez-vous me le dire ? fit-elle soudain avec de nouveau quelque chose de pressant, de tendu dans la voix. Si vous me compreniez, ce serait facile. Mais vous voyez bien que vous en étiez incapable. C'était un mensonge encore ! Beaucoup d'argent et pas de cœur, voilà tout ! Vous ne comprenez rien et vous ne pouvez pas savoir... »

Sa voix se fit plus basse pour ajouter :

« Il m'arrive de me sentir bien seule. Mais c'est moi qui suis une idiote. Vous devriez repartir pour Tokyo dès demain !

— Facile de m'accabler, rétorqua Shimamura. Mais

quelle idée, aussi, de vouloir que je t'explique exactement mon sentiment !

— Où est le mal ? fit-elle d'un ton désolé. Il est seulement dommage que cela vous soit impossible. »

Les yeux clos, Komako devait s'être retourné la question : Me connaît-il ? Me prend-il exactement pour ce que je suis, comme je suis ? Et sans doute avait-elle abouti à l'affirmative pour reprendre comme elle le fit :

« Revenez, ne serait-ce qu'une fois par an ! Jurez-moi que vous reviendrez chaque année tant que je serai ici, vous voulez bien ? »

Elle ajouta qu'elle était sous contrat pour quatre ans.

« Jamais je n'aurais pensé que je redeviendrais geisha, lorsque je me suis retrouvée à la maison, lui avoua-t-elle. J'avais même donné mes skis avant de partir. Et le seul résultat, je suppose, c'est que je sois arrivée à ne plus fumer.

— Il me souvient que tu fumais beaucoup, maintenant que tu en parles.

— Les cigarettes qu'on me donne, je les glisse dans la manche de mon kimono ; j'en ai tout un assortiment quand je rentre chez moi, le soir.

— Quatre ans, reprit Shimamura, cela fait quand même un bon bout de temps !

— Ce sera vite passé. »

Comme elle s'était approchée, Shimamura la prit dans ses bras et s'étonna :

« Ce que tu peux avoir chaud !...

— Je suis toujours comme cela.

— Avec la nuit, la température doit commencer à se faire plutôt fraîche, j'imagine.

— Voilà cinq ans, lorsque je suis arrivée ici, je me demandais comment je pourrais me faire à la vie dans un coin pareil... surtout avant l'ouverture de la ligne de chemin de fer. Et puis deux ans ont déjà passé depuis que vous êtes venu pour la première fois. »

En l'espace de deux ans, en effet, Shimamura était venu à trois reprises, non sans trouver à chaque fois de nouveaux changements dans la vie de Komako.

Dehors, les kutsuwamushi [1] commencèrent à mener leur bruyant tapage.

« J'aimerais bien qu'ils chantent un peu moins fort ! » dit Komako, en se détournant un peu de Shimamura.

Les papillons, sur le grillage de la fenêtre, s'envolèrent au premier souffle du vent du nord.

Shimamura le savait très bien : l'épaisseur de ses cils, quand elle avait les yeux baissés, laissait croire qu'ils étaient entrouverts. Il se surprit pourtant à y regarder de plus près, pour plus de sûreté.

La voix de Komako énonça :

« Je prends du poids depuis que je ne fume plus. »

Il l'avait remarqué : son tour de taille avait forci. Ils étaient restés longtemps sans se voir, et pourtant Shimamura avait instantanément retrouvé, en sa présence, intact et dans tous ses détails, ce monde intime et familier qui s'évanouissait si mystérieusement dès qu'il s'éloignait d'elle, et qu'il ne parvenait jamais à évoquer.

Les mains en coupe sous ses seins, Komako dit :

« J'en ai un de plus gros que l'autre.

— C'est probablement une manie qu'il a : toujours du même côté ! persifla Shimamura.

— Vous êtes répugnant de dire des choses pareilles ! lança Komako, cependant que Shimamura se disait qu'il la retrouvait bien là, que c'était tout à fait elle.

— Tu n'aurais qu'à lui dire, la prochaine fois, de ne pas faire de jaloux, reprit-il.

---

1. Genre de grosses sauterelles (*mecopoda elongata*).

— Pas de jaloux ? Dois-je réellement lui recommander de ne pas faire de jaloux ? » appuya Komako en inclinant doucement son visage vers le sien.

Bien que la chambre fût au premier étage, on l'eût crue au beau milieu d'une crapaudière où se fussent distingués deux ou trois virtuoses itinérants, des flûteurs particulièrement puissants et longs de souffle, qui paraissaient en faire continuellement le tour.

Komako se livra à des confidences en revenant du bain, détendue et la voix paisible. Elle entra dans des détails aussi intimes que celui de son premier examen médical ici, pour lequel — croyant que les choses se passeraient comme lorsqu'elle faisait son école de geisha — elle s'était présentée la poitrine nue à l'auscultation. Le docteur lui avait éclaté de rire au nez, et elle avait fondu en larmes. Des choses de ce genre, que Shimamura ne manquait pas d'appeler par ses questions.

« Je puis exactement me fier au calendrier : cela fait rigoureusement un mois moins deux jours, chaque fois.

— Ce qui, je pense, ne te fait pas manquer une soirée pour autant ?

— Ce sont des choses que vous savez comprendre, n'est-ce pas ? »

Elle se baignait quotidiennement à la source, fameuse pour l'effet pénétrant et prolongé de sa chaleur ; elle parcourait chaque jour au moins ses quatre kilomètres à pied, qu'elle se rendît à des réunions à la vieille source ou à la nouvelle ; au surplus, rares étaient les soirées qui se prolongeassent tard dans ce pays de montagne. Tout cela lui faisait un corps sain et vigoureux, même s'il inclinait à prendre un peu la ligne que le costume professionnel donne si souvent aux geishas : l'étroitesse des hanches toujours serrées, qui se compense par un ventre légèrement proéminent. Il y avait là quelque chose d'attendrissant pour Shimamura, tout ému à l'idée que cette femme pût le faire revenir de si loin.

« Je me demande si je pourrai avoir des enfants ? » lui confia-t-elle à ce propos, comme elle en vint également à se demander devant lui si, de rester fidèle en général à un seul homme, ne revenait pas au même que d'être mariée.

Et Shimamura l'entendit parler pour la première fois de ce « seul homme » qu'elle avait eu dans sa vie. Elle avait fait sa connaissance quand elle avait seize ans, précisa-t-elle, ce qui amena aussitôt Shimamura à penser qu'il comprenait à présent le peu de résistance qu'elle avait eue avec lui : cette sorte d'imprudence, qui l'avait tant intrigué depuis lors.

Ni physiquement, ni sentimentalement, elle ne se sentait attirée par cet homme, lui expliqua-t-elle, et peut-être toute l'histoire n'avait-elle d'autre origine que le fait qu'elle s'était nouée sur la côte, juste après le décès de l'homme qui avait acquitté sa dette.

« Tout de même, quand cela dure depuis cinq ans, c'est plus qu'une simple liaison, observa Shimamura. Cela fait un bail.

— A deux reprises, j'aurais pu le quitter. Lorsque je suis venue travailler ici comme geisha, d'abord ; et quand j'ai changé de maison après la mort de la maîtresse de musique. Mais je n'ai jamais eu la force de le faire. Je manque de fermeté. »

Cet homme habitait sur la côte, disait-elle, et la garder là-bas lui était plutôt difficile. Aussi avait-il envoyé Komako avec la maîtresse de musique, quand celle-ci avait décidé de revenir dans ces montagnes. Non sans générosité, ajouta Komako. « Il s'est toujours conduit fort aimablement avec moi, et je suis vraiment désolée de ne pouvoir pas l'aimer, lui appartenir corps et âme. » Elle ajouta qu'il était bien plus âgé qu'elle et ne venait la voir que très rarement.

« J'ai souvent pensé qu'il me serait beaucoup plus

facile de rompre si je devais mal tourner. Sincère-
ment, je me le suis très souvent dit.

— Mais jamais cela ne marchera !

— C'est que je n'en suis pas capable. Je n'ai pas
le caractère qu'il faut et j'aime trop mon corps. Si
je le voulais, je pourrais raccourcir de moitié les quatre années de mon contrat, mais il faudrait s'y mettre, et je ne le veux pas. Pensez à tout l'argent que
je pourrais gagner, si je voulais. Mais il me suffit
que l'homme avec qui je suis en contrat n'ait pas
perdu d'argent au bout des quatre années. Rembour-
sement du capital et intérêts, impôts et mes frais
d'entretien, j'ai calculé à peu près le montant men-
suel que cela faisait, et je ne me donne aucun mal
pour gagner plus. Qu'une soirée ne vaille pas le
dérangement, je file et rentre à la maison ; ils peuvent toujours m'appeler de l'auberge, mais ils ne me
dérangent que si c'est un client ancien qui me
demande tout spécialement. Si j'avais des goûts plus
extravagants, il me serait facile d'en faire toujours
plus, alors qu'en réalité, je ne travaille que quand cela
me dit. Cela suffit bien, puisque j'ai déjà remboursé la
moitié de la somme au bout de même pas un an. Et
encore ai-je mes propres dépenses, qui se montent à
trente yen ou plus par mois. Avec une centaine de yen
par mois, j'ai tout ce qu'il me faut, ajouta-t-elle, en
précisant que même au cours du mois précédent, le
plus faible de l'année, la moins engagée de ses collègues avait néanmoins gagné soixante yen, tandis
qu'elle-même, avec quatre-vingt-dix engagements, avait
gagné plus que toutes les autres geishas. Comme elle
recevait un montant fixe pour chaque engagement,
son bénéfice personnel augmentait proportionnellement plus que celui de son employeur avec le nombre
des fêtes auxquelles elle prenait part. Elle pouvait
donc courir de l'une à l'autre aussi vite qu'il lui plaisait. Des geishas de cette station thermale, pas une

n'avait jamais eu à renouveler son contrat en restant
débitrice. »

Komako, le lendemain matin, s'était levée de
bonne heure.

« C'est un rêve qui m'a réveillée : j'étais en train
de mettre en ordre la maison de la femme qui enseigne l'art des fleurs. »

Elle avait poussé la petite coiffeuse vers la fenêtre, et son miroir réfléchissait, sous le clair soleil
automnal, le rouge feuillage de la montagne.

Ce ne fut pas la voix de Yôko, cette fois-ci, qui vint
appeler Komako à la porte : la voix si émouvante
qu'elle vous serrait un peu le cœur ; non, le kimono
de jour fut apporté à Komako par la petite fille de
l'homme qui avait son contrat.

« L'autre jeune fille, que devient-elle ? » demanda
Shimamura.

Komako lui jeta un regard aigu.

« Elle est tout le temps au cimetière, là-bas, vous
voyez ? au bas du terrain de ski. Regardez : il y a
un champ de sarrasin, des fleurs blanches, et le cimetière est sur la gauche. »

Après le départ de Komako, Shimamura s'en fut
en promenade au village.

Vêtue du gros hakama de flanelle flambant neuf,
d'un rouge orangé, une fillette jouait à la balle contre
un mur blanc, dans l'ombre de l'avant-toit profond.
Shimamura enregistra avec délices ce petit tableau,
pure image de l'automne à ses yeux.

Ces maisons, toutes bâties dans le style de l'ancien régime, nul doute qu'elles fussent déjà là du
temps que les seigneurs féodaux des provinces che-
minaient sur cette route du Nord. Avant-toits descendant très bas, galeries extérieures profondes, fenêtres basses et longues à l'étage, tendues de papier :

une coudée au plus de hauteur ; rideaux de jonc déroulés sous les avant-toits.

Une murette de terre levée se couronnait de hautes et fines graminées d'automne, gracieusement recourbées sous le poids de leurs fleurs, avec, tout le long de la tige, les lances des feuilles délicates et hardies comme un jet d'eau.

Il vit Yôko sur une natte de paille, au bord de la route, en train de battre des haricots secs dans la lumière du soleil. Des cosses sèches, les grains sautaient devant elle comme des gouttes de lumière.

Elle ne devait sans doute pas le voir, sous le foulard qui lui enserrait le visage. A genoux, le buste droit et les jambes légèrement écartées, portant le gros hakama des montagnards, elle s'accompagnait d'un chant pour frapper sur les cosses étalées devant elle : un chant de sa voix si claire et si profonde qu'elle vous pénétrait de tristesse, cette voix mystérieusement évocatrice qui vous remuait comme si elle fût venue d'on ne sait où.

> *La demoiselle et le cricri, le papillon*
> *Le criquet, la cigale et le grillon*
> *Enchantent les montagnes.*

Quel envol immense, celui qui se lève du cèdre dans le vent du soir ! comme le dit le poète. Du bouquet de cèdres que pouvait voir Shimamura de sa fenêtre, de nouveau des bataillons de libellules s'échappaient, tourbillonnant et dansant aux approches du soir dans une frénésie croissante, pris de fièvre et de hâte, eût-on dit.

Feuilletant le guide des montagnes de la région, dont il avait fait l'acquisition à Tokyo en attendant le départ de son train, Shimamura y apprit qu'un sentier, très peu au-dessous d'un des sommets de la chaîne, courait parmi des lacs et des marais dans un

site magnifique, et que cette région humide possédait une flore alpestre d'une richesse exceptionnelle.
Les libellules rouges, en été, s'y ébattaient en paix,
majestueuses, et venaient se poser sur votre chapeau, votre manche ou sur la branche de vos lunet-
tes, aussi différentes des libellules tourmentées et
furtives qui volent près des villes, qu'un nuage léger
peut l'être d'une mare croupie.

Le tourbillon de celles qu'il voyait, par contre, était
comme un ballet de folles, une danse de possédées :
il semblait que, dans une sorte de rage, elles voulus-
sent empêcher le soir d'envelopper peu à peu le bois
de cèdres, luttant désespérément contre la nuit tom-
bante, dans le couchant.

Car le soleil avait plongé derrière les hautes crêtes, éclairant une dernière fois la cascade des rouges
feuillages le long des pentes de la montagne.

« L'homme est bien fragile, vous ne trouvez pas ?
lui disait ce matin Komako. Ils étaient complètement en bouillie, paraît-il ; le crâne, les os, tout était
broyé. Tombant de bien plus haut, un ours s'en serait
tiré sans même une fracture. » Elle lui parlait d'un
récent accident de montagne, en lui montrant du
doigt l'endroit, dans les rochers, là-haut, où « ils
avaient dévissé ». Et maintenant Shimamura se disait
que si l'homme avait la peau dure et l'épaisse fourrure de l'ours, son univers serait bien différent :
n'était-ce pas grâce au grain subtil de sa peau, à travers sa finesse et sa douceur que l'homme aimait ?
Et cette idée baroque, tandis qu'il avait le regard
perdu sur la montagne vespérale, mit en lui l'envie,
bien sentimentale, de la caresse d'une peau humaine.

« La demoiselle et le cricri, le papillon... »

Encore cette chanson... Voici qu'il l'entendait, gauchement interprétée et accompagnée sur le samisen
par la geisha, tandis qu'il prenait, assez tôt, son
repas du soir.

Le guide qu'il venait de consulter, s'il ne fournissait que des renseignements pratiques tels que la durée des excursions, les itinéraires à suivre, les emplacements et le tarif des hôtels, etc., avait au moins le mérite de laisser, pour le reste, travailler l'imagination... Il redescendait lui-même de ces montagnes, à la saison où les premières pousses percent les dernières croûtes de neige, quand il avait fait la connaissance de Komako ; et voici qu'aujourd'hui, à l'époque des courses d'automne, il retrouvait en lui l'appel de ces hauteurs, escaladées naguère. Oisif, il pouvait passer son temps où bon lui semblait ; mais la montagne avait ses préférences parce que l'alpinisme lui paraissait l'exemple même de l'effort gratuit, et par là, le séduisait d'autant plus. Toujours ce même charme de l'irréalité.

Loin de Komako, il pensait à elle sans cesse. La sachant si proche, son mouvement de désir aspirant à une peau, au contact d'une délicate et transparente peau humaine, participait plus du rêve que d'une envie charnelle, devenait une nostalgie proche de celle qu'éveillait en lui la magie des hauts sommets. Peut-être était-ce par l'excès même de son sentiment de sécurité ? Peut-être son corps lui était-il dans le moment trop intime, trop familier ? Komako avait passé avec lui la nuit précédente, et maintenant, seul dans sa chambre, il ne pouvait que l'attendre. Il se sentait certain qu'elle viendrait sans qu'il eût à la demander. Un moment, Shimamura prêta l'oreille aux éclats de voix d'un groupe d'écolières en excursion. Il sentit le sommeil venir et se coucha de bonne heure.

Durant la nuit, il entendit le froissement d'une averse soudaine et brève, comme en connaît la saison.

Le matin, quand il ouvrit les yeux, ce fut pour voir Komako, impeccable, assise devant la table basse, une revue ouverte sous les yeux. Elle portait un sobre kimono de jour.

« Vous êtes réveillé ? lui demanda-t-elle d'une voix atténuée, en se tournant doucement vers lui.

— Qu'est-ce que tu fais là ? »

Le regard de Shimamura parcourut vivement la chambre. Komako serait-elle arrivée pendant la nuit sans qu'il s'en aperçût ? Il tira sa montre de sous l'oreiller : six heures et demie.

« Te voilà bien matinale !

— Pas tellement. La servante est déjà venue avec du feu. »

De la bouilloire, en effet, montait une fine vapeur semblable à la brume du matin. Komako vint prendre place à la tête du lit, lui disant gentiment qu'il était temps de se lever, telle la parfaite femme d'intérieur.

Shimamura s'étira, bâilla, et serra dans sa main la main qu'elle avait posée sur son genou, caressant ses doigts menus, durcis par le samisen.

« J'ai sommeil ! Le soleil vient tout juste de se lever ! protesta-t-il.

— Avez-vous bien dormi tout seul ?

— Très bien.

— Cette moustache, finalement, vous ne l'avez pas gardée...

— Ah ! c'est vrai, tu voulais que je la laisse pousser, s'il me souvient bien.

— Aucune importance. Je savais que vous ne le feriez pas. Vous êtes toujours rasé de frais, avec une peau douce et bleutée.

— Et toi, tu as l'air aussi rasée de frais quand tu débarrasses ton visage de cette poudre.

— Est-ce que vous n'auriez pas la figure un peu plus pleine ? Vous aviez l'air d'un bébé en dormant, avec vos bonnes joues, votre peau pâle et l'absence de moustaches.

— Tout mignonnet et gentil ?

— Oh ! pas si sûr que cela !

— Dis donc, toi : tu me regardais dormir ? Je ne sais pas trop si je puis admettre qu'on me dévisage pendant mon sommeil... »

Komako baissa la tête, souriant à peine, puis son rire fusa comme une flamme éclatant sur la braise. Des doigts pleins d'énergie se fermèrent sur la main de Shimamura.

« Je m'étais cachée dans le grand placard ! La servante ne s'est aperçue de rien.

— Quand cela ? Tu t'es cachée longtemps ?

— A l'instant même, pardi ! Elle n'a fait qu'entrer et sortir, pour apporter le feu. »

Et Komako, qui riait aux éclats de cette bonne blague, rougit soudain jusqu'aux oreilles Feignant une bouffée de chaleur pour masquer sa confusion, elle fit mine de s'éventer avec le bout de la courte-pointe.

« Levez-vous donc ! Levez-vous, je vous en prie !

— Il fait trop froid ! lança Shimamura en tirant la couverture sur lui. Sont-ils déjà tous levés à l'auberge ?

— Comment le saurais-je ? Je suis entrée par-derrière.

— Par-derrière ?

— J'ai grimpé tout droit depuis le bois de cèdres.

— Il y a donc un sentier par là ?

— Non, mais c'est beaucoup plus court. »

Shimamura leva sur elle un regard intrigué.

« Personne ne me sait ici, expliqua-t-elle. J'ai entendu qu'on bougeait dans la cuisine, mais la porte de devant doit être encore fermée à l'heure qu'il est.

— Tu m'as l'air d'un oiseau plutôt matinal !

— Je n'arrivais pas à dormir.

— Tu as entendu comme il a plu ?

— Ah ! il a donc plu ? Je comprends pourquoi l'herbe était si mouillée : ce n'était pas seulement la rosée... Bon ! je vais rentrer. Dormez tranquille. »

D'un bond, Shimamura avait sauté du lit, tenant toujours fermement Komako par la main et l'entraînant avec lui à la fenêtre, en se penchant pour voir par où elle était venue. A mi-pente, coupant le haut gazon et la broussaille, il y avait un buisson inextricable de bambous nains, dont les jets partaient dans tous les sens. Tout près sous la fenêtre, les carrés d'un jardin potager alignaient leurs rangées de navets et de patates douces, de poireaux et de pommes de terre. Un bout de jardin très ordinaire, qui pourtant resplendissait dans le premier soleil, offrant pour la première fois à Shimamura les exquises nuances de ses verts différents et comme vernis à neuf dans le frais matin.

En passant par la galerie pour aller au bain, il rencontra le portier qui jetait leur nourriture aux poissons rouges, dans le bassin.

« On voit qu'il fait plus froid, lui dit l'homme. Ils mangent sans grand appétit. »

Shimamura resta un instant à regarder flotter sur l'eau, comme d'étranges signes, les vers à soie séchés et racornis qu'on leur donnait à manger.

Il prit son bain et retrouva Komako qui l'attendait dans sa chambre, fraîche et nette comme une image.

« Pour mes travaux de couture, que j'aimerais avoir un endroit aussi calme que celui-ci ! »

Il était clair que la chambre avait été faite, et le généreux soleil matinal l'inondait à flots, jusqu'à l'extrême lisière des nattes un peu fatiguées.

« Tu t'y entends en couture ?

— Quelle question offensante ! Dans ma famille, c'était à moi de travailler le plus dur ; et je crois bien, quand je regarde maintenant en arrière, que ces années de ma jeunesse ont été les pires pour moi. »

Elle avait parlé d'une voix neutre, un peu comme pour elle seule, et ne reprit quelque vivacité que pour lui dire :

« La servante m'a vue. Elle a fait une drôle de tête, puis elle m'a demandé quand donc j'étais venue. C'était plutôt gênant ! — Mais quoi ? Je n'allais pas me cacher plusieurs fois dans le placard ! Et à présent il faut que je rentre chez moi. J'ai déjà trop perdu de temps avec tout ce que j'ai à faire. Comme je n'arrivais pas à dormir, cette nuit, j'ai décidé de me faire un shampooing, et il faut que je m'y mette de très bonne heure, quand je me lave les cheveux, si je veux qu'ils soient secs pour pouvoir aller chez le coiffeur. Sinon, je ne serais jamais prête pour le déjeuner, où j'ai un engagement. On m'a aussi demandée pour venir ici, mais je ne pourrai pas y venir : ils s'y sont pris trop tard et je n'étais plus libre. Je ne pourrai pas non plus venir vous retrouver cette nuit : c'est samedi et j'ai trop à faire. »

Néanmoins, elle ne fit pas mine de partir sur toutes ces paroles. Elle ne se laverait pas les cheveux, et voilà tout.

Prenant le bras de Shimamura, elle l'entraîna vers le jardin de derrière, non sans reprendre au passage ses sandales et ses tabi détrempés, qu'elle avait glissés sous la galerie avant d'entrer.

Le buisson de bambous nains, à travers lequel elle s'était frayée un passage pour monter, hérissa devant eux une barrière infranchissable, et ils descendirent par le chemin du jardin, se repérant ensuite au bruit chantant du torrent, pour aboutir sur la haute berge, dans le bois de châtaigniers. Parmi les arbres, des voix d'enfants s'interpellaient. Au sol, cachées dans l'herbe pour la plupart, quantité de châtaignes étaient tombées. Komako, du talon, fit éclater quel-

ques coques griffues, dont elle tira des châtaignes
vraiment minuscules.

Devant eux, sur la pente abrupte de l'autre versant,
se balançaient les plumets argentés de la kaya, d'une
blancheur resplendissante dans la lumière du matin.
Majestueux épanouissement d'une rare magnificence,
aussi fragile pourtant, et aussi éphémère que l'éton-
nante pureté, la transparence inouïe de ce lumineux
ciel d'automne.

« Gagnons-nous l'autre rive ? proposa Shimamura.
Nous pourrions aller jusque sur la tombe du fiancé. »

Komako, rapide comme un coup de fouet, s'était
baissée et relevée, cependant que Shimamura recevait en plein visage une bonne poignée de châtaignes
vertes. Il n'avait pas eu le temps de parer le coup et
son front fut égratigné.

« Vous voulez rire de moi ? avait-elle crié tout
d'abord. Puis elle dit :

— Quelle peut bien être votre raison de vouloir
aller au cimetière ?

— Mais il n'y avait pas de quoi te fâcher... fit Shimamura.

— Ce n'était pas un geste de colère ; seulement
moi, je ne peux pas supporter les gens qui font
tout ce qu'il leur passe par la tête sans penser
un seul instant à autrui. Pour moi, c'était un acte
sérieux.

— Mais qui l'a fait ? risqua encore timidement
Shimamura.

— Pourquoi l'avoir appelé mon fiancé ? Ne vous
ai-je pas expliqué très exactement qu'il ne l'était
pas ? Vous, naturellement, vous avez tout oublié ! »

Non, en réalité, Shimamura n'avait rien oublié du
tout, et il eût pu même dire sans mensonge que cet
homme, Yukio, pesait d'un certain poids dans son
souvenir. Un fait certain, c'était que Komako ne sup-
portait pas qu'on mît la conversation sur Yukio. Il

se pouvait qu'elle n'eût pas été sa fiancée, mais elle n'en était pas moins devenue geisha pour acquitter une partie des frais médicaux. Que son geste eût été parfaitement « sérieux », c'était pour Shimamura l'évidence même.

Lui-même n'avait eu aucun mouvement d'irritation, même sous le feu de salve des châtaignes ; et Komako, après un long regard étonné, sentit fondre sa résistance. Elle glissa son bras sous le bras de Shimamura, lui disant :

« Vous êtes un homme de cœur simple et droit, n'est-ce pas ? Quelqu'un de foncièrement bon... Et il y a quelque chose qui vous assombrit.

— Ces gosses nous guettent du haut des arbres, dit-il.

— Qu'est-ce que cela fait ? Vous autres, à Tokyo, vous compliquez tout. Votre vie n'est que bruit et désordre, dans une agitation qui vous brise le sentiment en menus morceaux.

— Tout se brise en menus morceaux, répondit Shimamura pensivement.

— Et la vie elle-même, sans attendre longtemps, compléta Komako. Le cimetière, nous y allons ?

— Eh bien...

— Là, vous voyez bien qu'au fond vous n'avez aucune envie d'y aller !

— C'est que tu en fais une telle histoire...

— Parce que je n'y suis pas allée une seule fois, au cimetière. Pas une seule et unique fois, véritablement. Et il arrive que je me le reproche, maintenant que la maîtresse de musique est là-bas aussi. Mais je trouve qu'il est un peu tard pour commencer. Cela sentirait trop l'hypocrisie.

— Ne serais-tu pas beaucoup plus compliquée que moi ?

— En quoi donc ? Devant les vivants, je ne parviens jamais à la plus entière et parfaite sincérité,

c'est vrai ; mais je veux au moins me montrer honnête et user de franchise avec lui, maintenant qu'il
est mort. »

Tout en cheminant, ils avaient traversé le bois de
cèdres, où le silence semblait ruisseler en longues
gouttes fraîches et paisibles. Ils longèrent la voie du
chemin de fer par le bas de la piste de ski, et de là
furent bientôt dans le cimetière : quelques dizaines
de vieilles tombes fatiguées par les intempéries dis-
persées sur un tertre nu, comme une île chauve et
menue au milieu de la mer des plantations de riz,
avec une unique statue délabrée de Jizô, gardien de
l'enfance. Pas une seule fleur.

Imprévisiblement, de derrière le maigre buisson
qui avait poussé au pied du Jizô, la tête et les épaules de Yôko apparurent. Tournant vers eux son
visage toujours immobile et solennel tel un masque,
elle darda sur le couple son intense regard ; Shimamura esquissa un bref et machinal salut de la tête,
puis s'arrêta tout net.

Ce fut Komako qui parla.

« N'est-il pas un peu tôt quand même, Yôko ? Moi,
je comptais aller chez le coiffeur et... »

Un tonnerre noir se jeta sur eux, qui faillit les
jeter à la renverse et engloutit la phrase de Komako.
C'était un train de marchandises qui avait surgi et
qui défilait, roulant un fracas énorme, tout près
d'eux.

« Yôko ! Yôko ! » appela à pleine voix, en agitant
à grands gestes sa casquette, un jeune homme planté
dans la porte ouverte au milieu d'un wagon noir.

« Saichirô ! clama la voix de Yôko en réponse.
Saichirô ! »

Elle avait eu le même timbre émouvant et ample,
cette voix qui vous pénétrait de tristesse à force de
beauté poignante, comme si elle appelait sans espoir
quelque passager hors d'atteinte sur un navire au

large, le même timbre que dans la nuit et la neige, lorsqu'elle avait appelé du train le chef de poste, à l'arrêt après le tunnel.

Le convoi défila et son noir rideau, brusquement retiré, fit place à la couleur nette et fraîche du sarrasin, de l'autre côté des voies : un champ de fleurs blanches sur leurs hampes rouges, qui ne parlait que de calme et de sérénité.

L'apparition de Yôko avait jeté Shimamura et Komako dans une telle surprise, qu'ils n'avaient remarqué ni l'un, ni l'autre, l'approche du train de marchandises ; mais son fracassant passage leur avait permis, par contre, de se remettre de cette première surprise. Et maintenant, ce n'était pas le grondement décroissant du convoi : c'était la voix de Yôko, sa vibration comme celle du plus pur amour, qui leur restait dans l'oreille.

« Mon frère, annonça-t-elle en suivant des yeux le train qui s'éloignait. Je me demande si je ne devrais pas aller jusqu'à la gare...

— Le train ne va pas attendre ! lui répondit en riant Komako.

— C'est bien probable...

— Je n'étais pas venue pour la tombe de Yukio, vous savez ! »

Yôko acquiesça d'un bref signe de tête, parut hésiter et s'agenouilla devant la tombe.

Komako, toute droite, l'observait.

Shimamura avait détourné le regard, contemplant la statue de Jizô qui offrait un triple visage allongé, et deux paires de bras en sus de ceux qu'il avait croisés sur la poitrine.

« Il faut que j'aille me faire coiffer », dit encore Komako à Yôko, avant de s'éloigner sur une levée de terre entre les rizières.

C'est un séculaire usage au pays de neige que de mettre le riz à sécher en suspendant les gerbes à cheval, tête en bas, sur des perches de bambou ou de bois, qu'on dispose en espaliers entre deux arbres. En pleine récolte, les espaliers sont si chargés et si serrés, qu'ils forment partout comme de véritables murs de riz vert.

Sur le chemin que Komako et Shimamura suivaient pour revenir au village, les paysans étaient en train de moissonner et de suspendre leur récolte. Le geste efficacement appuyé d'un harmonieux coup de hanches, une fille en gros hakama balançait et lançait une gerbe à un homme au-dessus d'elle, qui écartait d'un seul coup les épis pour les suspendre sur une haute perche. Quasi automatiques à force d'habitude, leurs mouvements se coordonnaient et s'enchaînaient à la perfection.

Komako prit dans ses mains une gerbe sur le tas et la balança délicatement dans ses bras comme en soupesant un joyau.

« Voyez comme ils sont lourds de tête ! s'exclamat-elle. Et combien doux au toucher ! Tout autre chose que l'année dernière ! »

Komako avait fermé les yeux sous son plaisir. Une volée de moineaux passa un peu au-dessus d'elle.

Plus loin sur le chemin, une vieille affiche était restée placardée sur un mur. « Repiquage du riz. Tarif appliqué : travailleurs saisonniers : 90 sen par jour, nourriture comprise. Femmes : 40 pour 100 de moins. »

Du riz séchait également sur de hauts espaliers devant la demeure de Yôko, dans le champ légèrement en contrebas qui la séparait de la route. Une longue rangée tendait son rideau entre les kakis, devant le mur blanc bordant le jardin jusqu'à l'entrée de la maison voisine ; une autre rangée, à angle droit, suivait le bord du champ devant le jardin, avec une ouverture ménagée pour le passage, près du coin. On eût dit l'installation d'un petit théâtre de fortune, mais avec des cloisons de riz mûr au lieu des nattes tendues d'habitude à cette fin.

Le taro, dans le pré, avec ses tiges fortes et ses feuilles fermes, était encore plein de vigueur ; les dahlias, par contre, et les roses étaient flétris. L'étang aux lotus, avec ses poissons rouges, se trouvait caché derrière l'écran des espaliers de riz, qui dissimulait de même la fenêtre du grenier aux vers à soie, où Komako avait habité.

Par l'ouverture ménagée entre les gerbes suspendues, Yôko passa, inclinant la tête d'un geste sec, impatient.

« Elle vit seule ? s'informa Shimamura, tout en suivant du regard la silhouette voûtée.

— Je suppose que non ! répliqua Komako d'un ton plutôt acide. C'est bien fâcheux ! Je me passerai du coiffeur pour aujourd'hui. Vous vous occupez de ce qui ne vous regarde pas, et nous lui avons gâché sa visite au cimetière.

— Que tu es donc compliquée encore !... Est-il réellement si terrible que nous soyons allés au cimetière et l'y ayons rencontrée ?

— Vous n'avez aucune idée de ce que c'est pour moi... Je reviendrai plus tard, si j'ai le temps, pour me laver les cheveux. Ce sera peut-être très tard, mais je viendrai en tout cas. »

Sur les trois heures du matin, Shimamura fut arraché à son sommeil par un bruit de porte fracassée, lui sembla-t-il, et il reçut aussitôt sur la poitrine le poids du corps de Komako.

« J'avais dit que je viendrais et me voilà. Est-ce vrai ? J'avais dit que je viendrais et je suis venue. Est-ce vrai, oui ou non ? »

Le halètement lui soulevait non seulement la poitrine, mais le ventre aussi.

« Tu es ivre morte.

— Est-ce vrai que je l'avais dit ? J'avais dit que je viendrais. Et me voilà. Je suis venue.

— Mais oui, c'est entendu : tu l'avais dit.

— Je n'y voyais goutte en venant. Rien de rien. Ce mal de tête...

— Comment t'y es-tu prise pour monter la côte ?

— Sais pas. Aucune idée. »

Elle l'écrasait un peu lourdement, surtout après qu'elle eut roulé sur le dos en se laissant aller de tout son poids. Shimamura, encore à moitié endormi, tenta confusément de se dégager en se relevant, mais il chavira et retomba de tout son long, sa tête reposant maintenant sur quelque chose d'étrangement brûlant.

« Mais tu es en feu, ma parole !

— Oui ? Votre oreiller de braise, alors ! Prenez garde de ne pas vous brûler.

— Qui sait ? Qui sait ? Ce serait bien possible ! » dit Shimamura en fermant les yeux, sentant une ardeur le gagner, envelopper sa tête comme un brusque incendie de vitalité intense.

A entendre son souffle court, il reprit pied avec un vague sentiment de remords. Il avait l'impression d'être là, à attendre sans bouger une revanche qu'elle devait prendre, sans savoir laquelle.

« Je l'avais dit, et je l'ai fait. Je suis venue, prononça-t-elle avec un intense et perceptible effort de concentration. Et à présent je m'en vais. Je rentre me laver les cheveux. »

Elle rampa vers la table et but avidement un grand verre d'eau.

« Je ne peux pas te laisser rentrer comme cela, protesta Shimamura.

— Si, si, je rentre. On m'attend. Qu'ai-je donc fait de ma serviette ? »

Shimamura se lève et fait de la lumière.

« Non ! n'allumez pas ! Non, non ! »

Et elle se cache le visage des mains, se courbe sur les nattes.

Elle portait un kimono avec des dessins aux couleurs très vives, transformé en chemise de nuit, et serré par un obi très étroit de robe d'intérieur. Le bout de tissu noir attaché au col cachait le kimono de dessous. Sous l'effet de l'alcool, sa peau flamboyait jusque sous la plante des pieds nus, qu'elle cherchait à dissimuler avec une grâce charmante et un rien de provocation.

Ses effets de toilette pour le bain, Komako les avait simplement jetés à terre en entrant. La serviette, le savon, les peignes jonchaient le plancher depuis la porte.

« Coupez-moi cela. J'ai des ciseaux.

— Que faut-il que je coupe ?

— Cela ! dit-elle, le doigt sur les cordonnets qui maintenaient son haut chignon à la japonaise. Je voulais le faire moi-même mais je n'y arrive pas : mes doigts ne font pas ce que je veux. Je me suis dit que c'était une chose que je pouvais vous demander. »

Shimamura s'appliqua à écarter les cheveux et coupa les rubans un à un, cependant que Komako agitait la tête pour faire tomber ses cheveux dénoués dans son dos. Elle avait, semblait-il, repris un peu son calme.

« Quelle heure est-il ? demanda-t-elle.

— Trois heures.

— Non, vraiment ? Attention de ne pas couper dans mes cheveux.

— Mais combien y en a-t-il ? Jamais je n'en ai vu autant de ma vie ! » s'exclama Shimamura, toujours occupé à couper les cordonnets.

Le rouleau de cheveux postiches qui soutenait son chignon était brûlant, du côté où il reposait sur sa tête.

« Se peut-il qu'il soit vraiment trois heures ? s'étonna-t-elle. Et moi qui leur avais promis d'être avec elles au bain ! J'ai dû m'endormir en passant chez moi. Elles étaient venues m'appeler et elles doivent se demander ce que je suis devenue.

— Elles t'attendent ?

— Au bain public. Elles sont trois. On avait six réunions ce soir, mais je ne suis allée qu'à quatre. La semaine prochaine, on aura énormément à faire avec tous les touristes qui viennent pour voir les érables. — Merci, merci infiniment. »

Komako avait redressé le buste pour peigner ses longs cheveux dénoués, non sans avoir un petit rire gêné :

« Cela fait drôle, non ? »

Et, pour se donner une contenance, elle se pencha et ramassa son rouleau postiche.

« Il faut que je m'en aille, dit-elle. Il n'est pas convenable que je les fasse attendre. Je ne reviendrai pas cette nuit.

— Crois-tu y voir assez clair pour retrouver ton chemin ?

— Oui, oui ! »

Mais elle ne s'en prit pas moins les pieds dans les plis de son kimono en gagnant la porte.

Avant sept heures ce matin, et maintenant à trois heures : par deux fois dans une même et courte journée, elle avait choisi des heures insolites pour lui faire visite. « Ce n'est quand même pas normal du tout, cette histoire », se disait Shimamura.

Les visiteurs n'allaient pas tarder à arriver pour le spectacle des feuillages d'automne. On avait décoré à leur intention l'entrée de l'auberge avec des branches d'érables.

Le portier, qui avait présidé dictatorialement à cette opération, se plaisait à se qualifier lui-même d'oiseau migrateur. Comme ses collègues, en effet, il travaillait du printemps à l'automne dans les stations de montagne, jusqu'au moment où les gens viennent pour les feuillages, après quoi il regagnait la côte durant l'hiver. Il lui importait peu de revenir, ou non, au même endroit, et l'orgueil qu'il tirait de son habitude de la clientèle chic des riches stations du bord de la mer, lui faisait mépriser de son haut la réception offerte par l'auberge au client. A la gare, il prenait des airs ambigus de mendiant qui hésite, pour tourner autour des nouveaux arrivants en se frottant les mains avec un visible embarras.

« En avez-vous jamais goûté ? demanda-t-il à Shimamura qui rentrait de promenade, en lui montrant un akebi qui ressemblait assez à une grenade. Si vous les aimez, je vous en rapporterai de la montagne. »

Shimamura le regarda suspendre l'akebi tel quel sur une branche d'érable décorant l'entrée. Ces branches avaient été coupées tout fraîchement, si longues qu'elles déployaient jusqu'au rebord de l'avant-toit leur feuillage de vif écarlate, avec des feuilles qui semblaient vernissées et d'une largeur surprenante. Toute l'entrée en était comme illuminée d'une brillante braise.

Shimamura avait encore dans la main la fraîcheur pénétrante de l'akebi, quand il aperçut Yôko, installée devant le feu dans le bureau. La femme de l'aubergiste, en face d'elle, faisait chauffer du *saké* dans un chaudron de cuivre, tout en s'adressant à la jeune fille, qui hochait la tête d'un rapide mouvement, pour répondre à ce qu'on lui disait. Son kimono de soie, simple et de ton sobre, venait d'être lavé et repassé.

« Elle travaille ici ? demanda négligemment Shimamura au portier.

— Oui, monsieur. Avec vous tous ici, nous devons prendre des extras.

— Comme vous-même, n'est-ce pas ?

— C'est juste. Mais elle, pour une fille du pays, c'est quelqu'un d'exceptionnellement bien. Une demoiselle, si je puis dire. »

Pourtant Yôko, selon toute évidence, restait employée à l'office et n'apparaissait pas devant les clients. A mesure qu'il arrivait plus de monde à l'auberge, on avait pu noter le crescendo des voix de femmes dans le service, mais Shimamura n'y avait pourtant pas remarqué le timbre clair et si pénétrant de Yôko. Et quand la servante qui prenait soin de sa chambre lui apprit que c'était une habitude, pour Yôko, de chanter dans son bain avant d'aller au lit, il dut encore reconnaître qu'il avait manqué cela aussi.

Depuis qu'il connaissait la présence de Yôko dans

la maison, Shimamura se sentait quelque peu gêné, sans savoir pourquoi. Il y avait quelque chose de bizarre en lui, qui le retenait de faire venir Komako. Il sentait comme un vide. L'existence de Komako ne lui paraissait pas moins belle, mais tout à fait vaine et déserte, alors même qu'il se disait que c'était à lui qu'elle donnait tout son amour. Un vide. Et son effort à elle, son élan vers la vie lui faisaient mal, le touchaient à vif. Il s'en apitoyait, comme il se prenait en pitié lui-même.

Tout innocents qu'ils fussent, Shimamura n'en doutait pas, les yeux de Yôko avaient une lumière capable d'éclairer jusqu'au tréfonds de tout cela ; et, sans qu'il sût exactement comment ou pourquoi, il se sentait également attiré par elle.

Komako était venue assez souvent pour qu'il n'eût pas à l'appeler.

Le jour que Shimamura était descendu dans la vallée pour aller admirer les feuilles d'érables, il avait passé devant chez elle en auto. Devinant que ce devait être lui en entendant le bruit du moteur, elle avait couru pour le voir. « Mais vous, lui avait-elle reproché par la suite, vous ne vous êtes même pas retourné ! Quelle froideur ! Quelle insensibilité vraiment ! »

De son côté, elle ne manquait jamais de faire un saut chez lui, soit qu'elle vînt à l'auberge, soit qu'elle vînt au bain. Lorsqu'elle avait une soirée, elle arrivait toujours une heure au moins à l'avance et restait dans sa chambre jusqu'à ce qu'une servante montât la chercher. Ou bien encore, elle s'échappait quelques instants au cours de la soirée, refaisait vite son maquillage devant le miroir et s'éloignait : « Il faut que j'y aille, disait-elle. Le travail. Toujours le travail. Encore le travail. »

C'était presque une habitude pour elle que de laisser quelque chose chez lui : son haori, par exemple, ou le sac du plectre de son samisen, une chose ou une autre.

« Quelle vie ! En rentrant chez moi la nuit dernière, voilà qu'il n'y a plus d'eau chaude pour le thé. En farfouillant dans la cuisine, j'ai fini par mettre la main sur les restants du petit déjeuner. Et froids... Froids ! Ce matin, on n'est pas venu m'appeler et je me suis réveillée à dix heures et demie, moi qui voulais venir vous dire bonjour à sept heures ! »

C'était ce genre de choses qu'elle avait à lui dire, ou alors elle lui parlait de l'auberge où elle était allée en premier, puis de l'autre et de l'autre, lui racontant l'un après l'autre ses différents engagements de la même journée et de la nuit. En toute hâte.

« Je reviendrai plus tard, lui disait-elle une fois de plus, après avoir absorbé un verre d'eau avant de repartir. A moins que ce soit impossible. Trente clients, pour lesquels nous ne sommes que trois en tout. J'aurai peut-être trop à faire. »

Elle n'en revint pas moins presque tout de suite.

« Quelle besogne ! Ils sont trente et nous ne sommes que trois. Et encore, l'une étant l'aînée, et l'autre la cadette de toutes les geishas d'ici, tout me retombe dessus. Quels pingres ! Un groupe de voyage organisé ou quelque chose de ce genre... Avec trente convives, il faut au moins six geishas. Mais attendez ! J'y vais ; je bois un verre et je trouverai bien moyen de leur apprendre à vivre ! »

Les choses allaient ainsi jour après jour. Prendre la fuite et se cacher, c'était tout ce que pouvait vouloir faire Komako, si d'aventure elle se demandait où cela pouvait bien la mener. Mais elle n'en était que plus séduisante dans ce nimbe invisible de désespérance et de perdition.

« Ce parquet craque toujours dans le couloir. J'ai

beau marcher le plus légèrement et avec précaution, on m'entend toujours et les filles de la cuisine m'interpellent quand je passe : « Alors Komako, toujours « la chambre des Camélias ? » Jamais je n'aurais pensé qu'un jour, il me faudrait tant me soucier de ma réputation !

— Ce village est par trop petit !

— Fatalement, quel beau sujet de commérages ! Tout le monde est au courant.

— Mauvais, très mauvais ! Cela ne peut pas aller comme cela.

— Dans de misérables petits coins comme ici, vous commencez par prendre mauvaise réputation et c'est fini de vous ! argumenta-t-elle, mais avec un sourire plein de douceur en le regardant. Qu'est-ce que cela fait ? On trouve du travail n'importe où dans mon métier. »

Cette franchise de ton, cette spontanéité totale, le pas immédiatement donné au premier sentiment, voilà ce que ne pouvait comprendre l'oisif Shimamura, l'homme qui avait hérité de sa fortune.

« Ce sera toujours la même chose, où que j'aille. Il n'y a rien à faire. »

Peut-être, mais Shimamura n'en voulait pas moins deviner la femme vraie sous le couvert de la nonchalance qu'elle affichait.

« De quoi me plaindrais-je ? reprit Komako. Il n'y a que les femmes pour savoir aimer, après tout. »

Une légère rougeur colora son visage, et Komako baissa le front, les yeux au sol.

Le col raide de son kimono, écarté du cou, laissait le regard plonger sur le blanc éventail de son dos découvert jusque sur les épaules. Beauté un peu mélancolique de cette peau fardée, qu'on sentait frémissante de vie sous son voile blanc de poudre, et qui faisait un peu songer à une étoffe de laine ou, peut-être, à la fourrure d'un animal.

« Dans le monde comme il est... », laissa tomber Shimamura, non sans frissonner du vide même de ses paroles.

Komako passa outre et dit tout simplement :

« Il a toujours été comme cela. » Puis, relevant le front : « Vous ne le saviez pas ? » demanda-t-elle en le regardant.

Le rouge soyeux du kimono de dessous, ramené contre sa chair par ce mouvement, n'apparaissait plus.

Shimamura avait traduit Valéry et Alain, ainsi que des essais français sur la danse, publiés à l'époque glorieuse des ballets russes. Il allait publier cela à ses dépens, en édition de luxe à petit tirage : un livre qui, très vraisemblablement, n'apporterait rien de rien à la danse du Japon, mais qui n'en serait pas moins, s'il paraissait jamais, d'un certain secours et d'un certain réconfort pour Shimamura lui-même. Il savourait d'avance l'ironique plaisir qu'il trouverait à sourire de soi à ce propos ; et c'était même, qui sait ? pour ce seul plaisir que s'était tissé le monde si ténu de ses rêves sans illusion, son petit univers délicieusement morose. Rien, absolument rien ne le pressait en réalité, et il n'avait aucune raison, étant en voyage, de se hâter en quoi que ce fût.

L'agonie et la mort des insectes, par exemple, occupait ici une part de son loisir. Et chaque jour, avec le froid grandissant de l'automne, de nouveaux cadavres venaient choir sur le plancher : les ailes gourdes, les insectes tombaient d'abord sur le dos, ne pouvaient plus se retourner, s'agitaient et mouraient. Une abeille même, incapable de voler, chemina encore et retomba, encore un peu et encore, puis retomba, morte. C'est une fin paisible, pensait-il, que celle qui survient avec le changement de saison. Mais en les observant de plus près, il voyait frémir les pattes et les antennes dans leur combat pathétique, leur ultime combat pour la vie. Et quelle arène immense, pour ces morts minuscules, que les huit nattes de sa chambre !

Il lui arrivait parfois, en ramassant quelque insecte mort pour le jeter dehors, de songer fugitivement aux enfants qu'il avait laissés à Tokyo.

Sur l'écran métallique de sa fenêtre, il y avait des papillons de nuit, longtemps immobiles, qui finirent, eux aussi, par tomber comme des feuilles mortes. Il y en avait aussi, posés sur le mur, qui glissaient soudain et tombaient au sol. La richesse somptueuse, la beauté prodiguée sur ces vies éphémères plongeait Shimamura dans de longues méditations contemplatives, l'insecte au creux de la main.

Vint le moment où l'on enleva les grillages du cadre des fenêtres, et où, de jour en jour, le chant menu baissa de ton, où se firent de plus en plus rares les stridulations aiguës, les bourdonnements divers ou les frôlements soyeux de la fragile gent ailée.

Les rousseurs de la rouille et le brun grave de la bure, peu à peu, dominaient sur la pente de la montagne, et, dans le rapide couchant, les sommets ne resplendissaient plus qu'avec les tons gris et froids de la pierre.

L'auberge était toujours pleine de visiteurs accourus au spectacle des bois d'érables.

« Je crois que je ne pourrai pas revenir plus tard. Il y a une soirée des gens du village. »

C'était ce que lui avait dit Komako en le laissant, et il pouvait entendre à présent la rumeur qui montait du salon des banquets, avec le timbre aigu des voix féminines. La fête battait son plein, à en juger par le bruit, quand Shimamura eut la surprise d'entendre, sous son coude, eût-il dit, une voix claire qui demandait : « Puis-je entrer ? » Il sursauta. C'était Yôko.

« Komako me prie de vous remettre ceci. »

Sa main s'était tendue avec le message, comme si Yôko n'eût été qu'un simple facteur. Mais au dernier moment, retrouvant ses devoirs de politesse, elle se laissa précipitamment tomber à genoux pour lui remettre la lettre. Le temps que Shimamura développe le papier plié en quatre, et Yôko avait disparu. Il n'avait même pas eu le temps d'ouvrir la bouche.

« Soirée brillante et bruyante. On boit. »

C'était tout ce que comportait le message, hâtivement écrit sur un napperon de papier par une main qui trahissait l'ivresse.

Et, dix minutes plus tard, Komako elle-même apparaissait :

« Vous a-t-elle apporté quelque chose ?

— Oui.

— Vrai ? s'exclama-t-elle avec un éclair de malice joyeuse dans le regard. Si vous saviez comme je me sens bien ! Ce merveilleux saké ! Je leur ai dit que j'allais en commander d'autre et je me suis esquivée. Mais le portier m'a vue. C'est égal, et je me moque bien si le parquet craque ! Ils peuvent ronchonner autant qu'ils voudront. Et puis zut ! Mais il suffit que j'arrive ici pour commencer à me sentir ivre. Zut et zut ! Je retourne au travail.

— Vermeille et délicieuse jusqu'au bout des ongles ! lança Shimamura.

— Le devoir m'appelle. La besogne. L'ouvrage. Vous a-t-elle dit quelque chose ? Horrible jalousie ! Vous faites-vous seulement une idée de cette jalousie terrible ?

— Qui cela ?

— Il y aura quelqu'un de tué un de ces jours !

— Elle a de l'emploi ici ?

— C'est elle qui apporte le saké ; puis elle reste là à nous observer avec cette électricité dans le regard. Ces yeux, vous les aimez, j'imagine...

— Sans doute pense-t-elle que c'est une honte pour toi.

— C'est aussi pourquoi je l'ai expédiée avec ce bout de billet chez vous. De l'eau, s'il vous plaît, donnez-moi un verre d'eau. Et pour qui est la honte, je vous le demande ? Mais avant de répondre, essayez donc un peu de la séduire aussi ! »

Elle se détourna pour aller se planter devant le miroir, les deux mains lourdement plaquées sur la tablette. « Est-ce que je serais ivre ? »

L'instant d'après, rejetant du pied le long kimono, elle sortait.

La fête avait pris fin. L'auberge n'avait pas tardé à retrouver son calme. Shimamura, d'une oreille distraite, n'entendait plus qu'un vague remue-ménage du côté de l'office. Komako avait dû être entraînée par quelque invité à une autre soirée, finit-il par se dire. Et ce fut exactement à ce moment-là que Yôko réapparut, lui apportant un autre billet.

« Décide ne pas aller Sampûkan vais d'ici Salon Prunes passerai peut-être retour bonsoir. »

Shimamura eut un sourire un peu forcé, gêné qu'il était de la présence de Yôko.

« Merci infiniment, lui dit-il. Ainsi, vous venez aider au service ici ? »

L'étincelant regard se posa sur Shimamura, si intense et si beau qu'il avait l'impression de s'y trouver embroché. Son sentiment de gêne augmenta.

De voir devant lui cette jeune personne qui l'avait si profondément ému à chacune de leurs rencontres, c'était presque un malaise que ressentait Shimamura, une inquiétude indéfinissable. Avec cette gravité qui ne la quittait pas, il lui semblait toujours qu'elle fût au nœud le plus secret et le plus pathétique d'une tragédie grandiose.

« Ils ne vous laissent pas chômer, j'imagine.

— Je ne suis pas utile à grand-chose.

— Il est étrange que je vous rencontre si souvent, vous ne trouvez pas ? La première fois, c'était quand vous raccompagniez ce jeune homme chez lui, et vous avez parlé de votre frère avec le chef de station, vous en souvient-il ?

— Oui.

— J'ai entendu dire que vous chantiez dans votre bain avant d'aller dormir.

— Comment le savez-vous ? On m'accuserait d'avoir aussi peu de savoir-vivre ? »

La splendeur de cette voix magnifique avait quelque chose de stupéfiant.

« Il me semble vous connaître fort bien.

— Ah ! oui ? Parce que vous avez questionné Komako ?

— Komako ? Elle ne parle pas. On dirait qu'elle fuit toute conversation à votre sujet.

— Je comprends, oui », dit Yôko qui se détourna aussitôt, disant : « C'est quelqu'un de très bien, Komako, et elle n'a pas été heureuse. Soyez aimable avec elle. »

Son débit avait été nerveux et la voix tremblait un peu pour finir.

« Que faire pour elle ? Je n'y peux vraiment rien », déclara Shimamura, qui la vit sur le point de trembler, tant il la sentait tendue et vibrante. Vite, il détourna les yeux avant l'éclair qui allait fulgurer de ce visage trop grave.

« Ce que j'ai de mieux à faire, ce serait de retourner à Tokyo assez vite, fit-il avec un sourire.

— Je compte aussi aller à Tokyo.

— Quand cela ?

— Un de ces jours, peu m'importe.

— Est-ce que je pourrai vous revoir à Tokyo à mon retour ?

— Je vous en prie. »

Abasourdi par l'intense gravité qu'elle y avait mise, avec pourtant dans sa voix quelque chose qui disait que cela n'avait rien que de très banal, Shimamura s'empressa d'ajouter :

« Si toutefois votre famille n'y voit pas d'inconvénient.

— Je n'ai d'autre famille que le frère qui travaille au chemin de fer, répondit-elle. Je fais ce que je veux.

— A Tokyo, vous avez quelque chose en vue ?

— Non.

— Mais vous en avez discuté avec Komako, j'espère !

— Komako ? Je ne suis pas en sympathie avec elle. Je ne lui en ai pas parlé. »

Ce fut un regard humide qu'elle leva sur lui, et qui sait ? peut-être était-ce le signe qu'elle était en train de céder ? Shimamura, sous le charme, lui trouvait une beauté mystérieuse et inquiétante. Mais dans le même instant, il fut comme submergé de tendresse pour Komako. Partir avec cette fille étrange pour Tokyo, comme s'il l'enlevait, ne serait-ce pas, d'une certaine façon, une manière de pénitence pour Shimamura, une sorte de punition qu'il s'infligerait à lui-même afin de s'excuser infiniment, de demander immensément pardon à Komako ?

« De partir seule avec un homme, cela ne vous effraierait pas ?

— Pourquoi donc ?

— Et vous ne trouvez pas un peu risqué d'arriver à Tokyo sans seulement savoir où vous habiterez et ce que vous pourrez y faire ?

— Une femme arrive toujours à se débrouiller, affirma-t-elle de sa voix où chantait une mélodie exquise d'enthousiasme. Levant les yeux, son regard planté dans celui de Shimamura : « Ne voulez-vous « pas m'engager comme servante ? » lui demanda-t-elle.

— Comment ? Mais voyons ! Vous engager comme servante ?

— Oui. Mais je ne veux pas faire la domestique.

— Lorsque vous êtes allée à Tokyo précédemment, c'était comme quoi ?

— Infirmière.

— Employée dans un hôpital ou comme élève dans une école d'infirmières ?

— Je pensais seulement que le métier me plairait. »

Shimamura sourit. Voilà ce qui expliquait peut-être le sérieux qu'elle avait mis à prendre soin du fils de la maîtresse de musique dans le train.

« Et vous voulez toujours devenir infirmière ? s'inquiéta-t-il.

— Plus maintenant, non.

— Il faut pourtant que vous vous décidiez à quelque chose. On ne peut pas rester comme cela, à ne pas savoir ce qu'on veut faire. On ne vit pas dans l'indécision.

— Dans l'indécision ? Mais je ne suis pas du tout indécise. Cela n'a rien à voir ! »

Et elle riait vraiment, comme pour mieux repousser l'accusation de Shimamura.

Un rire haut et clair, comme sa voix elle-même, qui semblait toujours entourée de lointains infinis, sortie de solitude. Un rire qui n'avait rien de sourd ou de lourd, mais qui retourna pourtant au silence après avoir en vain frappé à la porte du cœur de Shimamura.

« Je ne vois pas qu'il y ait de quoi rire à cela.

— Mais si, parce qu'il n'y a jamais eu qu'un homme que je pusse véritablement soigner, expliqua-t-elle, en laissant Shimamura à nouveau tout abasourdi. Et je ne le pourrai jamais plus, ajouta-t-elle gravement.

— Je comprends, fit-il vaguement, tant il s'était trouvé pris de court. On prétend que vous êtes toujours au cimetière.

— C'est vrai.

— Et il n'y aura de toute votre vie plus personne que vous puissiez jamais soigner ? Aucune tombe sur laquelle vous irez ?

— Jamais. Personne.

— Mais alors, comment pouvez-vous quitter le cimetière et délaisser la tombe pour aller à Tokyo ?

— Désolée, mais je vous en prie : emmenez-moi avec vous.

— Komako vous dit terriblement jalouse. Le jeune homme n'était-il pas son fiancé ?

— Yukio ? Ce n'est pas vrai. C'est un mensonge. Ce n'est pas vrai !

— Mais si vous n'aimez pas Komako, pourquoi ?

— Komako..., commença-t-elle comme si elle eût parlé à quelqu'un d'autre dans la pièce, avec son regard brûlant fixé sur Shimamura. Komako, montrez-vous bon pour elle !

— Il n'y a rien que je puisse faire pour elle. »

Des larmes dans les yeux, Yôko écrasa un petit papillon sur la natte, en avalant un sanglot.

« Komako prétend que je deviendrai folle ! » jeta-t-elle en quittant la pièce.

Shimamura en resta tout frissonnant. Puis il se leva et ouvrit la fenêtre pour jeter dehors le papillon mort. Son regard surprit Komako, en pleine ivresse, qui jouait à quelque jeu de société avec un client. Penchée en avant à presque en perdre l'équilibre, elle semblait vouloir à tout prix reprendre son gage. Le ciel s'était complètement couvert. Shimamura descendit prendre un bain.

C'était à mi-voix, tendrement, maternellement, qu'elle parlait à la petite fille pour la déshabiller et lui donner son bain. La voix d'une jeune mère, aux inflexions caressantes et douces, qui ne perdirent rien de leur douceur quand elle se mit à chanter :

Vois-tu là-bas, là-bas
Trois cèdres, trois poiriers,
Six en tout, tu les vois ?
Dessous, ils ont nids de corbeaux
Et dessus, des nids de moineaux.
Auraient-ils quelque chant nouveau ?
Hakamairi
Itchô, itchô, itchô ya [1].

Ce n'était qu'une de ces rondes enfantines que les fillettes chantent en jouant à la balle, mais Yôko avait mis un tel rythme à la séquence absurde, l'avait douée d'une vivacité telle, que Shimamura en vint à se demander si ce n'était pas dans un rêve qu'il avait vu l'autre Yôko, celle avec qui il avait parlé dans sa chambre.

Elle continua de babiller affectueusement avec l'enfant, en la rhabillant, puis l'une emmenant l'autre, elles quittèrent le bain, où Shimamura crut entendre un long moment encore vibrer le son de cette voix, tel l'écho prolongé d'une modulation de flûte.

Sur le sombre plancher poli de la vieille galerie, il y avait une boîte à samisen, laissée par quelque geisha : petit cercueil qui parut à Shimamura incarner l'esprit même de cet arrière-automne plongé dans le silence le plus profond de la nuit. Shimamura s'était penché pour déchiffrer le nom de la propriétaire, quand surgit Komako qui venait de l'endroit où l'on entendait remuer la vaisselle.

---

1. Une harmonie imitative du chant des oiseaux, qui signifie littéralement : « Cent mètres vers le cimetière, encore cent, encore cent et on y est. »

« Que faites-vous donc ?

— Serait-elle restée pour la nuit ? s'enquit Shimamura.

— Qui ? Elle ? Ne soyez pas stupide ! Est-ce que
vous vous imaginez que nous les traînons avec nous
partout où nous allons ? On les laisse à l'auberge, où
ils restent parfois des jours et des jours. »

Elle avait ri pour répondre, mais presque immédiatement elle avait fermé les yeux et son visage
s'était crispé douloureusement.

« Reconduisez-moi à la maison, voulez-vous ?

— Tu n'as pas besoin de rentrer, n'est-ce pas ?

— Mais si, il faut que je m'en aille. Les autres
sont allées à d'autres séances et sont parties devant.
On ne trouvera donc rien à redire si je ne reste pas
trop longtemps ici, où j'avais affaire. Mais les bavar-
dages vont recommencer, si jamais il leur vient à
l'idée de passer me prendre chez moi en se rendant
au bain, et qu'il n'y ait personne. »

Tout ivre qu'elle fût, elle n'en descendit pas moins
alertement le chemin du village.

« Cette petite Yôko, vous avez réussi à la faire
pleurer ! lui reprocha-t-elle.

— Elle paraît bien être un petit peu timbrée.

— Et vous, cela vous amuse, ce genre de remar-
ques ?

— Mais c'est toi-même qui le lui as dit ! C'est en
se le rappelant qu'elle a fondu en larmes, en réalité,
et j'ai tout lieu de croire que c'était plus par ressen-
timent que par chagrin.

— Ah ! bon, j'aime mieux cela.

— D'ailleurs, il ne s'était pas passé dix minutes
qu'elle se trouvait au bain, chantant d'une voix
exquise.

— Elle a toujours aimé chanter dans le bain.

— Elle m'a aussi recommandé très gravement de
me montrer aimable avec toi.

— Quelle sottise de sa part ! Mais aussi quel besoin avez-vous de me le raconter ?

— Et pourquoi ? Qu'as-tu toi-même à toujours prendre ainsi la mouche dès qu'il s'agit d'elle ?

— Ne vous plairait-il pas de la prendre ?

— Là, tu vois bien ! Je n'avais pourtant rien dit qui te permette de parler ainsi.

— Je parle sérieusement, insista Komako. Chaque fois que je la vois, c'est comme si j'avais un fardeau accablant sur les épaules, dont je ne puisse pas me défaire. En tout cas, je ressens les choses comme cela. Et si vraiment vous avez quelque chose pour elle, regardez-la une bonne fois : vous comprendrez ce que je veux dire. »

Ce disant, Komako lui avait posé la main sur l'épaule et s'était penchée, puis brusquement :

« Non, non ! Pas cela !... Si elle pouvait tomber entre les mains de quelqu'un comme vous, peut-être qu'elle ne finirait pas folle. Ce fardeau, vous ne voulez pas m'en soulager les épaules ?

— Est-ce que tu n'exagères pas un petit peu ?

— Vous pensez que je suis ivre et que je parle à tort et à travers, mais ce n'est pas le cas. Si je la savais entre de bonnes mains, pour moi, qui n'aurais plus qu'à m'abandonner pour continuer à vivoter ici, dans nos montagnes, quel sentiment de merveilleux repos ce serait !

— Cela suffit !

— Oh ! fichez-moi la paix ! »

Elle était partie en courant, pour aller se cogner à la porte close de la maison qu'elle habitait.

« On a dû penser que tu ne rentrerais plus.

— Cela ne fait rien. Je sais l'ouvrir. »

La vieille porte gémit et craqua de son bois sec, tandis qu'elle la soulevait pour la sortir de la glissière et l'ouvrir.

« Entrez jusque chez moi.

— Tu as oublié l'heure qu'il est.

— Qu'importe ? Tout le monde dort. »

Shimamura restait hésitant.

« Sinon, c'est moi qui vous raccompagne à l'auberge.

— Je rentrerai bien tout seul, ce n'est pas la peine.

— Mais vous n'avez pas encore vu ma chambre ! »

Ils entrèrent, franchirent la porte de la pièce où, sur leurs minces matelas étalés en tous sens sur le sol, dormaient les membres de la famille entière : silhouettes roulées sur de vieux matelas passés, faits du tissu de gros coton rustique. Il y avait là, sous l'abat-jour roussi par place, le père, la mère et cinq ou six enfants, dont l'aînée avait tout au plus seize ans. En dépit de l'impression de pauvreté sordide que pouvait donner cette scène, on sentait, au-dessous, comme le jet d'une intense vitalité, impatiemment retenue.

Reculant devant le souffle chaud des dormeurs, Shimamura voulait regagner la porte, que Komako lui ferma au nez sans bruit, avant de s'avancer vers le fond de la pièce, sans chercher seulement à atténuer le bruit de ses pas. Shimamura se glissa furtivement derrière elle, marchant avec précaution au ras des oreillers et de la tête des enfants endormis. Une étrange angoisse lui serrait la gorge.

« Attendez, je monte vous donner de la lumière.

— Merci. Cela ira très bien. »

Et il s'engagea dans l'escalier noir. En se retournant, il aperçut l'échoppe aux bonbons immédiatement au-delà du petit dortoir familial.

Dans les quatre pièces plus que simples de l'étage, les nattes avaient déjà beaucoup servi.

« J'avoue que c'est un peu grand pour une seule personne », dit Komako.

Les cloisons de séparation entre les pièces avaient été retirées, et si loin des portes à glissière au papier jauni qui donnaient sur la galerie, la couche de Komako paraissait minuscule et solitaire. Dans la chambre du fond s'entassaient des meubles fatigués et de vieux objets, qui ne pouvaient qu'appartenir à la famille d'en bas. Contre la paroi, suspendus sur leurs bois, s'alignaient les kimonos de sortie de Komako. L'ensemble, pour Shimamura, évoquait le terrier d'un blaireau ou d'un renard.

Komako, qui venait de prendre place sur son petit lit, offrit à Shimamura son unique coussin. Puis, se penchant un peu sur le miroir :

« Mais je suis écarlate ! Ai-je donc tellement bu ? »

Elle tâtonna un bref instant sur l'armoire.

« Tenez ! Le voilà, mon journal.

— Un fameux volume, on dirait », dit Shimamura en soupesant la pile.

Elle avait ouvert un coffret de carton peint, rempli à ras bord de cigarettes.

« Comme je les glisse dans ma manche ou dans mon obli quand on me les offre, elles sont parfois un peu froissées, mais intactes. Et par compensation, j'en ai de toutes les marques ; l'assortiment est complet. »

Tout en parlant, elle secouait le coffret pour permettre à Shimamura de choisir le tabac de son goût.

« Mais je n'ai pas d'allumettes, excusez-moi. Je ne m'en sers plus depuis que j'ai cessé de fumer.

— Cela ne fait rien, merci. Et comment marche la couture ?

— J'essaie quand même de coudre un peu, mais les touristes venus pour les érables ne m'en laissent guère le temps ! »

Tout en parlant, elle s'était penchée de côté pour repousser le travail qui était resté sur le devant de l'armoire.

Le meuble de grain délicat et le coffret de couture somptueusement laqué de vermillon, qu'elle

avait dû conserver de son temps à Tokyo, se retrouvaient ici comme ils avaient été dans le grenier si
semblable à un vieux coffret de papier. Mais dans
cet appartement-ci, dans ces malheureuses chambres
d'un trop rustique premier étage, ils juraient pitoya-
blement.

Il regardait le cordon qui pendait du plafond au-
dessus de son oreiller.

« C'est pour éteindre quand je lis au lit », lui expliqua-t-elle, en le tirant pour lui montrer.

Aussi parfaite qu'elle fût dans son rôle de maîtresse de maison, pleine de gentillesse et de préve-
nances, elle n'arrivait pourtant pas à cacher tout à
fait sa gêne.

« Tu me fais l'effet d'être aussi insolitement gîtée
que la renarde de nos légendes : ton luxe devient
fantastique dans cette pauvreté.

— Exactement, oui.

— Et tu comptes passer quatre années là-dedans ?

— Bientôt une année de finie, et les autres passe-
ront vite. »

Shimamura se sentait de plus en plus mal à l'aise.
Que dire encore ? Il lui semblait entendre respirer
la famille endormie au-dessous. Et il se leva pour
mettre fin à sa visite.

Komako, qui n'avait pas refermé complètement la
porte derrière lui, jeta un coup d'œil vers le ciel.

« Cela commence à sentir la neige, dit-elle. C'est la
fin des feuilles d'érable. »

Puis elle franchit à son tour le seuil de la maison,
récitant dans la nuit des vers cités d'une pièce de
Kabuki :

Comme nous sommes ici en pleine montagne,
La neige tombe, bien qu'il y ait encore des érables.

Shimamura lui souhaita bonne nuit.

« Un instant. Je vous raccompagne à l'auberge. Mais jusqu'à la porte ! Pas plus loin. »

Elle entra néanmoins avec lui.

« Couchez-vous, lui dit-elle en s'éclipsant pour revenir quelques instants plus tard, apportant deux verres pleins à ras bord de saké.

— Un petit verre, annonça-t-elle en rentrant. Nous allons boire un petit verre.

— Mais ils ne dorment pas ? Où l'as-tu donc trouvé ?

— Je sais où ils le tiennent. »

Komako avait déjà bu, sans aucun doute, en tirant l'alcool au tonneau. L'ivresse de tout à l'heure l'avait reprise et, les yeux presque clos, elle regardait le liquide ruisseler sur sa main.

« Cela manque de charme, pourtant, de vider son verre dans l'obscurité ! »

Docile, Shimamura prit le verre qu'elle lui tendait et but.

Il ne s'enivrait pas, d'habitude, pour un si petit peu de saké ; mais peut-être avait-il pris froid en chemin. Toujours est-il qu'il se sentit presque aussitôt en mauvais état. La tête lui tournait : il avait mal au cœur ; il frissonnait et se sentait tout pâle. Fermant les yeux, il se laissa aller de tout son long sur la douillette. Inquiète, Komako le serra dans ses bras, et la chaleur de son corps apporta à Shimamura un enfantin sentiment de réconfort.

Elle le tenait dans ses bras, de l'air timide et hésitant que peut avoir, pour porter un bébé, une jeune femme qui n'a jamais eu d'enfant. Elle lui soutenait la tête et se penchait sur lui comme sur un enfant qui va dormir.

« Tu es gentille et bonne.

— Moi ? Pourquoi ? Qu'est-ce que j'ai fait ? Qu'est-ce que je suis ?

— Gentille et bonne.

— Ce n'est pas bien de vous moquer de moi », dit-elle en se rejetant un peu en arrière, le regard ailleurs ; et elle se mit à le bercer doucement, accompagnant le mouvement de courtes phrases hachées, qu'elle prononçait avec un léger sourire qui n'était que pour elle-même.

« Je ne suis ni gentille ni bonne. — Pas facile non plus de vous voir ici. — Rentrez chez vous, ce sera mieux. — Je voudrais m'habiller d'un kimono différent pour chaque fois que je viens vous voir, mais tous ceux que je possède y ont passé. Celui-ci, je l'ai emprunté. Là ! Vous voyez bien que je ne suis pas, que je ne suis pas du tout comme vous dites ! »

Shimamura ne répondit rien.

« Alors, qu'est-ce que vous me trouvez de gentil, vous ? reprit-elle d'une voix un peu altérée. Quand je vous ai rencontré la première fois, je me suis dit que je n'avais encore jamais trouvé quelqu'un d'aussi antipathique. Les autres ne parlent jamais comme vous l'avez fait ; ils ne disent jamais les choses que vous avez dites. Je vous ai détesté. Détesté ! »

Shimamua fit un signe d'assentiment.

« Et maintenant, dit-elle, vous comprenez peut-être pourquoi je n'y ai jamais fait la moindre allusion jusqu'ici ? Lorsqu'une femme en vient à dire ce genre de choses-là, elle est allée aussi loin que possible, n'en doutez pas.

— Mais c'est parfait comme cela.

— Vraiment ? »

Le silence les enveloppa tous deux : elle, plongée apparemment dans ses pensées ; et Shimamura, savourant la chaleur vivante de son corps, qui lui rendait sensible sa présence féminine.

« Une femme excellente ! reprit-il.

— Comment cela ?

— Femme excellente.

— Quelle bizarrerie, ce que vous dites ! »

Elle avait tourné la tête, comme pour faire cesser un chatouillement causé par le menton de Shimamura reposant sur son épaule.

Puis brusquement, sans qu'il sût pourquoi, Komako se planta sur un coude, l'air fâché et la voix frémissante :

« Une femme excellente, hein ? Qu'est-ce que vous voulez dire ? Qu'est-ce que vous voulez dire ? »

Shimamura la fixa sans répondre.

« Reconnaissez-le : c'est pour cela que vous êtes venu ! Vous vous moquez de moi ! Vous vous en moquez complètement ! »

Ses yeux flamboyaient en le dévisageant, elle était cramoisie de colère et ses épaules tremblaient. Mais cette flamme s'éteignit aussi vite qu'elle était apparue, et ce furent des larmes qui ruisselèrent sur son visage exsangue.

« Je vous déteste ! oh ! que je vous déteste ! »

En roulant sur elle-même, Komako avait quitté la douillette et s'était assise sur le plancher, lui tournant le dos.

Shimamura reçut comme un coup de poignard au cœur, en comprenant quelle était la méprise. Etendu, sans un mot, il ferma les yeux, incapable de bouger.

« Oh ! que j'ai le cœur lourd », s'avoua-t-elle à mi-voix, le corps entièrement rond comme une balle, la tête posée sur ses genoux, en sanglots.

Et quand elle eut versé toutes ses larmes, elle resta là, piquant nerveusement la natte avec la pointe d'une de ses épingles d'argent, tirée de son chignon. Au bout d'un moment, elle quitta la pièce.

Shimamura ne se sentait pas la force de la suivre. Elle n'avait que trop raison de se sentir blessée...

Mais elle ne tarda pas à revenir sur ses pas, marchant sans bruit dans le couloir sur ses pieds nus.

« Venez-vous prendre un bain ? demanda-t-elle derrière la porte d'une petite voix timide et pointue.

« — Si tu veux.

— Je m'excuse, fit-elle encore. Je me suis mise dans mon tort. »

Et comme elle n'entrait toujours pas, Shimamura attrapa sa serviette et passa dans le couloir, où elle le précéda, marchant devant lui la tête basse, telle une criminelle que la police emmène.

La chaleur du bain, en la pénétrant, la remit de façon surprenante en bonne humeur, d'une humeur charmante même, si vivante et si pleine d'allant qu'ils ne pensèrent plus à dormir, une fois de retour.

Au matin, c'est en entendant une voix réciter un texte de Nô que Shimamura s'éveilla, restant un moment à écouter sans se lever.

Komako, devant le miroir, se retourna et lui sourit.

« Les hôtes du Salon des Prunes. On m'y a appelée après la première fête, vous vous le rappelez ?

— Des amateurs de Nô en voyage ?

— Oui.

— Est-ce qu'il neige ?

— Oui. »

Elle se leva pour aller ouvrir la fenêtre.

« La fin des feuilles d'érable », annonça-t-elle.

La fenêtre se découpait sur un ciel uniformément gris, d'où tombaient, comme des pivoines blanches, de gros flocons accourant droit sur eux, eût-on dit, dans un silence harmonieux et paisible qui avait quelque chose de surnaturel. Shimamura se laissait envahir par cette image, vacant lui-même comme on l'est après une nuit sans sommeil.

Les amateurs de Nô frappaient aussi du tambourin.

Il se retrouvait avec le souvenir de ce matin de

neige, aux derniers jours de l'autre année, et ses yeux se portèrent vers le miroir. La chute des blanches pivoines froides, plus mousseuses encore, y dessinait comme une auréole dansante autour de la silhouette de Komako, kimono entrouvert, qui se passait une serviette sur la gorge.

Une fois de plus, Shimamura s'émerveilla de lui voir cette peau fraîche et saine, blanche et nette, qui évoquait irrésistiblement la pureté d'une lessive au plein air. Non, ce n'était pas illusion de sa part, de penser qu'elle fût une femme à s'offenser gravement de sa trivialité, et cette évidence le pénétra d'une tristesse accablée.

La montagne, qui avait semblé s'enfoncer de plus en plus dans le lointain à mesure que s'éteignaient les tons fauves de l'automne, avait retrouvé tout soudain vie et éclat sous la neige.

Les cèdres, enveloppés d'un fin voile blanc, s'élançaient du sol enneigé, non plus en confondant leur masse sombre, mais chacun bien individuellement avec une silhouette nettement découpée.

C'est dans la neige que le fil est filé, et dans la neige qu'il est tissé. C'est la neige qui lave et blanchit l'étoffe. Toute la fabrication commence et finit dans la neige. « La toile de Chijimi n'existe que parce que la neige existe : la neige, on peut le dire, est la mère du Chijimi », comme l'a écrit quelqu'un il y a très longtemps.

Les mains des femmes, dans ce Pays de Neige, ne travaillent tout au long des mois lourdement enneigés de l'hiver, qu'à filer, tisser, transformer en étoffe légère le chanvre récolté dans les champs pentus de la montagne. Et Shimamura, qui savait apprécier cette étoffe, allait chercher dans les vieilles boutiques de Tokyo les pièces de ce tissu devenu rare, pour en faire confectionner ses kimonos d'été. Ses relations dans le monde de la danse lui avaient permis de découvrir une certaine boutique qui avait la spécialité des costumes anciens du théâtre Nô, et il avait convenu avec le propriétaire qu'il serait, lui, Shimamura, prévenu le premier, chaque fois qu'une pièce de véritable Chijimi lui viendrait entre les mains.

On raconte qu'aux temps jadis, aux foires de Chijimi, qui se faisaient après la fonte des neiges, au printemps, quand on avait dans le pays enlevé les doubles fenêtres de l'hiver, les gens arrivaient de partout pour acheter cette toile fameuse, même les riches marchands de cités aussi importantes qu'Edo, Nagoya ou Osaka, qui avaient leurs places retenues dans les auberges par tradition. La jeunesse de tout le pays, bien entendu, descendait des hautes vallées avec le produit de ses six derniers mois de travail ; et c'était dans une atmosphère de fête que s'alignaient, avec les étalages des vendeurs, des éventaires de toutes sortes, des forains, des spectacles, devant lesquels jeunes gens et jeunes filles en foule se coudoyaient. Les tissus exposés portaient une étiquette de papier donnant le nom et l'adresse de celle qui les avait faits, car il y avait un concours pour récompenser le travail le plus fin. C'était aussi l'occasion de rechercher un bon parti. Les jeunes filles, apprenant à tisser dès l'enfance, accomplissaient leurs chefs-d'œuvre entre quatorze et vingt-quatre ans. Par la suite, l'agilité du geste, qui faisait tout le prix de la toile de Chijimi, n'avait plus la même qualité chez elles. Aussi l'émulation était-elle vive entre ces filles, qui œuvraient avec autant d'ardeur que d'amour pendant les mois que la neige les tenait prisonnières, c'est-à-dire depuis le dixième mois, où l'on commençait le filage, jusqu'à la deuxième lune, avec laquelle devait être achevé le blanchiment sur les champs, les prés et les jardins encore couverts de neige.

Certains des kimonos de Shimamura étaient faits de l'étoffe tissée par ces mains féminines, probablement vers le milieu du siècle passé, et il avait lui-même conservé l'habitude de les envoyer « blanchir à la neige ». Bien que ce ne fût pas une mince affaire pour ces vêtures anciennes, que tant de peaux avaient portées déjà, il lui suffisait de songer au travail des jeunes filles de la montagne pour ressentir l'absolue nécessité de les faire néanmoins blanchir, comme le voulait la vraie tradition, dans le Pays de Neige, où la toile était née et où avaient vécu les virginales tisserandes. A la seule pensée de ce chanvre blanc, étendu sur la neige et se confondant avec elle pour rosir sous la lumière du soleil levant, Shimamura éprouvait si fort le sentiment d'une purification, que non seulement il était sûr que ses kimonos avaient laissé là-bas les miasmes et les macules de l'été, mais lui-même, lui semblait-il, s'en trouvait nettoyé. Il n'y avait peut-être là, pour tout dire, qu'un sentimentalisme mal fondé de sa part, étant donné qu'une blanchisserie spécialisée de Tokyo se chargeait de tout au départ, et qu'il n'était pas certain du tout que les kimonos fussent réellement blanchis « à la neige », à la vieille manière.

Ce blanchissage « à la neige », depuis des âges et des âges déjà, était assuré par des spécialistes : les tisserands eux-mêmes ne s'en occupaient pas. On banchissait à la fin du tissage le Chijimi blanc, par pièces entières, tandis que la toile avec des couleurs était traitée sur le cadre même, au fur et à mesure, en cours de fabrication. La meilleure saison pour ce faire tombait aux mois de la première et de la deuxième lune. Prés et jardins, à cette époque très enneigés, se transformaient partout en ateliers de blanchiment.

On commençait par tremper le fil ou l'étoffe, toute une nuit, dans une eau de cendre. Lavé à grande eau le matin, bien essoré, on l'exposait alors tout le jour sur le neige, recommençant de même jour après jour. A la fin de l'opération, Shimamura l'avait lu récemment, quand la toile atteignait à la blancheur immaculée et recevait la caresse du soleil rouge du matin, le spectacle dépassait toute description. « Les habitants des provinces méridionales, ajoutait le vieil auteur, devraient tous aller le voir. » Et lorsque la

blancheur arrivait à perfection, le printemps arrivait
aussi : c'était le signe propre du printemps dans le
Pays de Neige.

Or, la station thermale touchait pour ainsi dire au
pays même du Chijimi, en aval du torrent, où la
vallée commence à s'évaser un peu. Il se trouvait en
réalité si près, que Shimamura aurait presque dû
l'apercevoir de sa fenêtre. Et tout au long de la vallée, les bourgs où se tenait la foire au Chijimi avaient
maintenant leur gare sur la ligne du chemin de fer.
A l'âge industriel, c'était toujours une région fameuse
pour le textile.

N'étant venu au Pays de Neige ni dans le plein été,
lorsqu'il portait ses kimonos de chanvre, ni au cœur
de l'hiver, lorsque était tissée la toile de Chijimi qu'il
aimait tant, Shimamura n'avait pas abordé le sujet
avec Komako. Que lui eût-elle appris, au surplus ?
Lui-même, il n'était guère du genre de personne qui
prendrait l'initiative de partir à la recherche des
vestiges d'un vieil artisanat populaire.

Mais lorsqu'il avait entendu la voix de Yôko ani-
mer la chanson enfantine, dans le bain, il s'était pris
à songer soudain que si la jeune fille avait vu le
jour autrefois, dans le temps, elle eût chanté de
même, penchée sur le métier, en lançant la navette
entre le double mouvement des harnais. Sa voix lui
avait semblé suivre le rythme même des gestes de la
tisseuse, tels que son imagination les lui représentait.

La fibre de ce chanvre des montagnes, plus délicate encore qu'une soie d'animal, ne pouvait guère
se traiter, paraît-il, que dans l'humidité complice de
la neige ; de sorte que l'hiver aux longues nuits,
dans le Pays de Neige, représentait la saison parfaite
pour les travaux divers du tisserand. Et les connaisseurs de l'ancien temps ne manquaient pas d'expli-
quer, comme un effet harmonieux des principes

échangés de la lumière et de la nuit, la fraîcheur remarquable de cette toile, tissée dans le froid de l'hiver, qui se perpétuait jusque dans la chaleur du plus torride été. Oui, et Komako était faite, elle aussi, du jeu des mêmes principes : Komako, qui s'était attachée à lui si fortement, avec cette fraîcheur de l'âme et la chaleur plus émouvante de son être.

Et pourtant tout l'amour de la femme du Pays de Neige s'évanouirait avec elle, ne laissant en ce monde pas même une trace aussi certaine qu'une toile de Chijimi ! Car si l'étoffe est le plus fragile des produits de l'artisanat, un bon Chijimi néanmoins, quand on en prend convenablement soin, garde sa qualité et le vif de ses couleurs un demi-siècle au moins, et ne s'use complètement que bien longtemps après. Ainsi songeait Shimamura, méditant distraitement sur l'inconstance des intimités entre les humains, leur durée éphémère qui ne connaît pas même la longueur d'existence d'un bout de toile, quand il vint se heurter tout à coup à l'image de Komako devenue mère : Komako qui avait mis au monde des enfants d'un autre père que lui ! Stupéfait et bouleversé, il promena autour de lui un regard égaré. Sans doute, oui, sans doute ce devait être la fatigue...

Depuis le temps qu'il prolongeait son séjour, on pouvait bien se demander s'il avait oublié sa femme et ses enfants. Mais s'il était resté, ce n'était pas qu'il ne pût ou ne voulût quitter Komako : c'était tout simplement parce qu'il avait pris l'habitude d'attendre ses fréquentes visites. Il le savait fort bien, comme il savait aussi que plus il s'offrait aux sollicitations d'un continuel assaut, plus il se demandait d'où venait son propre défaut, le manquement chez lui, qui lui interdisait de vivre comme elle vivait, avec intensité et plénitude. Il restait là, pour ainsi dire, à contempler sa propre froideur, absolument incapable de comprendre comment elle avait réussi de la sorte à se perdre, à tout lui donner d'elle-même sans recevoir, en vérité, rien en échange. Et voilà qu'au fond de son cœur il l'entendait à présent, Komako, comme un bruit silencieux, comme de la neige tombant muettement sur son tapis de neige, comme un écho qui s'épuise à force d'être renvoyé entre des murs vides. Il savait maintenant qu'il ne pouvait pas indéfiniment continuer à se choyer lui-même et à se laisser choyer de la sorte.

Penché sur le feu de braises qu'on avait placé dans sa chambre avec la première neige, Shimamura se dit que précisément il était peu vraisemblable qu'il revienne jamais en partant d'ici. La bouilloire ancienne que lui avait prêtée l'aubergiste, précieux objet manufacturé à Tokyo et artistement ciselé d'argent avec des motifs de fleurs et d'oiseaux, chantait doucement comme une brise dans les pins. Il pouvait même y reconnaître deux souffles différents, à vrai dire : le froissement tout proche du vent qui passe dans les branches et le souffle venu de loin. Et tout faible dans celui-là, comme apporté de plus loin encore, le tintement à peine perceptible d'une cloche. L'entendait-il ? Ne l'entendait-il pas ? Shimamura approcha son oreille pour écouter. Et très, très loin, là-bas, où sonnait la cloche, il eut soudain la vision de deux pieds qui dansaient : les pieds de Komako qui dansait, s'accordant aux lointains battements de la cloche. Shimamura écarta son oreille. Partir. Son heure était venue.

Et c'est alors qu'il avait songé à visiter le pays du Chijimi, avec l'idée que cette excursion pourrait lui faciliter la rupture avec la station thermale.

Shimamura ignorait quel était le village d'aval qu'il lui fallait choisir de préférence comme point d'arrêt ; et comme les tissages modernes ne l'intéressaient pas le moins du monde, il descendit à la gare qui lui

parut à souhait écartée et sans vie. Puis il marcha
un bon moment avant de parvenir à ce qui lui parut
être l'artère principale d'un bourg qui avait dû,
naguère, vivre en tant que relais de poste.

De chaque côté, les avant-toits se portaient très
avant, soutenus par des piliers, réservant dans leur
ombre un double passage couvert où l'on pouvait
cheminer quand la neige trop haute obstruait la rue.
Cela ressemblait assez aux appentis de plein vent
sous lesquels les vieux marchands d'Edo exposent
leurs marchandises. Profonds sous les avant-toits
alignés et continus de chaque maison, les passages
couverts s'étiraient en longueur de part et d'autre
de la rue. Pour débarrasser du lourd fardeau de la
neige les toits de ces maisons, qui se touchaient bord
à bord, on ne pouvait que la faire tomber dans la
rue, ou plus exactement lancer la neige sur une
muraille de glace qui ne cessait de se tasser et de
monter au fur et à mesure, durant l'hiver, et dans
laquelle étaient creusés des tranchées ou tunnels,
transversalement, pour permettre aux gens de passer d'un côté à l'autre.

Le village qu'habitait Komako, à la source thermale, n'était pas du même type, bien qu'il fût lui
aussi du style montagnard et bien aussi du Pays de
Neige : ses maisons étaient plantées séparément et
s'entouraient de terrain libre. Shimamura, qui voyait
pour la première fois ce système des galeries couver-
tes tout au long d'une rue comme une cuirasse contre
la neige, eut la curiosité de cheminer dessous. L'ombre y était épaisse, sous les profonds avant-toits, et
il remarqua que le bois des piliers qui les suppor-
taient commençait à se ronger à la base. Dans l'ombre, du côté des maisons obscures, il s'imaginait la
longue nuit des longs hivers, où pendant des générations et des générations, avaient vécu les ancêtres
des actuels habitants.

Il voyait les jeunes filles, une génération après l'autre, travaillant au métier, tissant sans fin dans leur prison de neige ; et il constatait que la vie qu'elles avaient vécue était loin d'avoir le brillant et la clarté de la toile de Chijimi, si pure et fraîche dans sa blancheur, qu'elles avaient faite de leurs mains actives. Dans le vieux livre qu'avait lu Shimamura, après une allusion à un poème chinois, l'auteur faisait ressortir, avec toute la cruauté des lois économiques, que la fabrication de la toile de Chijimi, étant donné l'énorme somme de travail que réclamait chaque pièce, ne pouvait être rentable. Ce ne pouvait être qu'un artisanat familial, et jamais aucun producteur ne pouvait se permettre de prendre des ouvrières venues du dehors.

Ainsi toutes les mains anonymes d'autrefois avaient péri, après leur diligent travail, et il ne restait aujourd'hui que leur ouvrage : ce rare Chijimi qui fait les délices de quelques connaisseurs délicats comme Shimamura, par la fraîcheur exquise qu'il donne à la peau dans les chaleurs de l'été. Et cette pensée, tout ordinaire qu'elle fût, l'émut comme une trouvaille très profonde. Le travail dans lequel un cœur a mis tout son amour, où et quand va-t-il porter son message, à qui va-t-il transmettre le courage d'un même effort et l'élan d'une même inspiration ?

Sur le tracé de la route de poste que d'autres âges avaient connue, la grand-rue du village, en droite ligne, s'éloignait parmi les maisons de plus en plus espacées et rejoignait sans doute, là-bas, le village de Komako et sa source thermale. Ici aussi, sur les toits de bardeaux, pesaient les alignements de pierre qu'il connaissait bien.

Remarquant que les piliers des avant-toits posaient au sol un peu d'ombre, Shimamura se rendit compte que l'après-midi avançait. N'ayant plus rien à voir ici, il prit un train pour descendre à une autre station, où il retrouva un village analogue au premier. Il y fit une semblable promenade et s'arrêta, sentant le froid, pour se restaurer d'un plat de nouilles dans une modeste boutique sur le bord d'une rivière, qui devait être probablement le torrent descendu de la station thermale. Sur le pont, s'éloignant, il vit une file de têtes rasées qui allaient par deux ou par trois : des nonnes bouddhiques, toutes semblablement chaussées de sandales de paille, et certaines portant dans le dos le chapeau rond et pointu, tissé de paille également. Elles devaient revenir d'une quête et s'en retournaient au couvent, tel un vol de corbeaux se rabattant vers le nid.

« Une vraie procession ! » observa Shimamura.

La femme qui tenait la boutique lui répondit :

« Leur couvent est là-haut, sur la pente. Ce sont leurs dernières courses, probablement. Parce qu'une fois la neige venue, elles ne peuvent plus descendre. »

Sur la montagne déjà sombre dans le crépuscule, au-dessus du pont, la première neige posait sa blancheur.

Dès que les feuilles tombent avec les vents froids et durs, au Pays de Neige, les jours ne sont plus que grisaille nuageuse et glacée. On sent que la neige est dans l'air. Le cercle des montagnes alentour blanchit déjà sous la première neige, que les gens du pays appellent « le chapeau des sommets ». Sur toute la côte nord, la mer d'automne mugit et gronde, et les montagnes font de même ici, au cœur du pays, en laissant entendre un énorme soupir semblable au roulement lointain du tonnerre. Les gens l'appellent « la rumeur du fond ». Le chapeau des sommets et la rumeur du fond, selon ce qu'avait lu Shimamura dans le vieux livre, annoncent et précèdent de peu la saison des grandes neiges.

Ayant vu les premiers flocons, le matin qu'il s'était

éveillé au chant du Nô, Shimamura se demandait à présent si les grondements annonciateurs s'étaient déjà fait entendre, cette année, sur la côte et dans la montagne. Etait-ce que ses sens s'étaient affinés durant son long séjour dans la seule compagnie féminine de Komako ? Il lui suffisait, à présent, de songer à ces échos, pour entendre comme la rumeur sourde d'un grondement au fond de son oreille.

« Le couvent est bloqué tout l'hiver, je suppose. Combien y sont-elles ?

— Elles sont beaucoup, dit la femme.

— A quoi s'occupent-elles pour passer le temps, tout le temps qu'elles restent emprisonnées à cause de la neige ? Est-ce que vous ne croyez pas qu'on pourrait leur suggérer de tisser du Chijimi ? »

La femme se contenta de sourire à la question de l'étranger.

Revenu à la gare, Shimamura y attendit un train pendant près de deux heures. Le timide soleil d'hiver s'était couché, et le ciel nocturne avait une limpidité telle, que les étoiles y paraissaient polies à neuf, luisantes comme jamais. Shimamura se sentait les pieds glacés.

De retour à la station thermale, il ne savait plus pourquoi il l'avait quittée et en quête de quoi il était parti. Reprenant le même chemin, le taxi le ramena au village qu'il traversa, et une lumière brillante apparut quand il passa le bosquet de cèdres. Shimamura y retrouva soudain un sentiment de chaleur et de sécurité. Kikumura : le restaurant Kikumura, avec trois ou quatre geishas qui bavardaient devant la porte. Le temps à peine de penser que Komako était peut-être du nombre, et déjà il ne voyait plus qu'elle.

Le chauffeur avait freiné. Il devait être au courant des histoires à leur sujet, lui aussi.

Shimamura se retourna pour regarder par la glace

arrière. Les traces des roues dans la neige, il les
voyait, luisantes sous la lumière des étoiles, filant
pour aller se perdre tout là-bas, jusqu'aux plus ultimes lointains.

La voiture était arrivée à la hauteur de Komako.
Brusquement, elle ferme les yeux et s'élance sur le
taxi, qui continue à rouler lentement, montant la
côte avec la jeune femme cramponnée à la poignée
de la portière, sur le marchepied.

Elle s'était jetée sur la voiture d'un bond de fauve,
lui semblait-il, dans un élan qui pouvait paraître
inconscient ou puéril, mais qui laissa Shimamura
sans surprise, avec le sentiment d'un réconfort profond, la sensation d'une caresse chaude et pénétrante.
Il n'avait été frappé ni par le danger, ni par l'ano-
malie de cet acte inattendu. Quand Komako avait
levé le bras par-dessus la portière pour se tenir par-
dessus, la manche de son kimono avait glissé
jusqu'au coude, révélant le rouge intense du sous-
kimono qui miroita sur la glace fermée avant de
déverser sa chaleur rayonnante dans le cœur même
de Shimamura transi de froid.

Puis le visage de Komako se plaqua contre la
glace.

« Où étiez-vous parti ? Dites-moi où vous êtes allé ?
hurla-t-elle à travers la vitre fermée.

— Fais attention ! Tu vas tomber ! » lui lança-t-il
en retour.

Mais ils savaient parfaitement l'un et l'autre qu'il
s'agissait d'un jeu. Un tendre jeu.

Komako, ayant ouvert la portière, était venue s'affaler sur la banquette au moment même où le taxi
s'arrêtait, devant le sentier qui grimpait la montagne.

« Où êtes-vous allé ? Dites-le moi !

— Bah !...

— Mais où ?

— Rien de spécial... une promenade. »

Il nota, un peu surpris, qu'elle avait eu le geste typique de la geisha pour ramasser le bas de son long kimono.

Le chauffeur attendait sans rien dire, et Shima-mura se devait de reconnaître qu'il y avait quelque excentricité à rester là, sans descendre, dans un taxi qui ne pouvait pas les mener plus loin.

« Sortons ! dit Komako en lui prenant la main. Brrr ! Quel froid ! Vos doigts sont gelés ! Pourquoi ne m'avez-vous pas emmenée ?

— Tu crois que j'aurais dû ?

— Etrange individu ! »

Elle riait joyeusement en se hâtant sur les dalles de pierre qui garnissaient le sentier étagé en escalier raide.

« Je vous ai vu quand vous partiez... Il était deux heures passées... bientôt trois heures... à peu près... Oui ?

— C'est bien cela.

— Je me suis précipitée dehors en entendant la voiture et j'ai couru au-devant. Mais vous n'avez seu-lement pas regardé de mon côté.

— Pas regardé ?

— Non. Même pas un simple coup d'œil en arrière. Pourquoi ? »

Son insistance laissait Shimamura un peu surpris.

« Vous ne vous êtes pas douté que je vous regar-dais partir ?

— Pas du tout.

— Là, vous voyez ! » Et toujours riant dans son for intérieur, souriante et heureuse, elle se serra contre lui. « Pourquoi ne m'avoir pas emmenée avec vous ? Vous me laissez là, pour revenir complète-ment gelé. Cela ne me plaît pas du tout ! »

Le toscin retentit soudain, battant sur le rythme accéléré de l'alarme locale.

Ils se retournèrent pour voir.

« Au feu ! au feu ! »

« Un incendie !

— Ça brûle là-bas ! »

Une gerbe d'étincelles et de flammèches jaillissait, en effet, du côté du village, dans le bas.

Komako laissa échapper deux ou trois exclamations et étreignit la main de Shimamura.

Ils voyaient une langue de flamme éclater soudain dans la colonne de fumée épaisse et se rabattre en léchant les toits voisins.

« Où est-ce ? demanda Shimamura... On dirait que c'est tout à côté de la maison de la maîtresse de musique...

— Non.

— Où donc, alors ?

— Un peu plus haut, dans la direction de la gare.

— Une colonne de flamme s'élança d'un seul coup bien au-dessus des toits.

— L'entrepôt des cocons ! C'est l'entrepôt, vous voyez ? L'entrepôt qui brûle ! »

Et le visage caché contre l'épaule de Shimamura, elle répéta plusieurs fois encore : « L'entrepôt ! L'entrepôt brûle ! l'entrepôt ! »

Le brasier, là-bas, s'intensifiait ; mais de la colline où ils se trouvaient, crépitant sous l'immense ciel étoilé, l'incendie n'avait pas l'air plus tragique qu'un innocent feu de joie. Et pourtant ils percevaient jusqu'ici le sentiment panique qui s'en dégageait, au point qu'il leur semblait entendre même le rugissement des flammes dévorantes. Shimamura referma son bras autour des épaules de Komako.

« Tu n'as pas besoin d'avoir peur ! fit-il gauchement, essayant de la rassurer.

— Oh ! non, oh ! non, oh ! non », répéta-t-elle en secouant la tête avant d'éclater en sanglots. Contre la paume de Shimamura, son visage paraissait plus

menu que d'ordinaire, et le petit front entêté tremblait.

Le spectacle de l'incendie, c'était ça ce qui l'avait
fait fondre en larmes, et Shimamura ne s'inquiétait
pas de savoir quelle eût pu être la cause de son bou-
leversement, hormis cela. Mais elle cessa de pleurer
aussi brusquement qu'elle avait été prise de sanglots,
et, s'arrachant à son étreinte :

« Il y avait une séance de cinéma ce soir, dans
l'entrepôt. Ce devait être plein de monde... Il y aura
des blessés... des morts... brûlés ! »

Pressant le pas, ils montèrent vers l'auberge où ils
entendaient des clameurs : les clients s'entassaient
sur les vérandas du premier et du second étage,
qu'éclairaient à flots les portes laissées ouvertes derrière. Dans le fond du jardin, se découpant sur la
nappe de lumière qui tombait de là-haut, ou, qui sait,
des étoiles, la silhouette sombre des chrysanthèmes
fripés et défleuris se découpait en ombre. L'espace
d'un instant, Shimamura crut même que c'était peut-
être la lueur de l'incendie. Derrière la plate-bande,
surgirent les ombres de trois ou quatre personnes.
Ils reconnurent le portier parmi ceux qui se préci-
pitaient vers les marches.

« C'est l'entrepôt des cocons ? lança Komako sur
leur passage.

— Oui, c'est bien ça ! Oui, oui !

— Des blessés ? Est-ce qu'il y a des blessés ? inter-
rogea Komako d'une voix angoissée.

— On est en train de faire évacuer tout le monde.
C'est la pellicule qui a pris feu, et en un rien de
temps tout brûlait. C'est ce qu'on m'a dit au téléphone. Voyez-moi cela ! » fit-il en tendant le bras,
sans arrêter sa course. Il paraît qu'on jette les
enfants un par un de la galerie !

— Qu'allons-nous faire ? » fit Komako qui s'était
mise à suivre ceux qui couraient en descendant, avec

Shimamura sur ses talons. Dépassée par les plus pressés, elle aussi avait commencé à courir.

Au bas des marches, leur angoisse s'accrut. On n'apercevait plus, au-dessus des toits, que le haut de la colonne de flammes, et l'alarme battait un toscin plus proche et plus pressant.

« Méfiez-vous, ça glisse. C'est gelé ! lança-t-elle en s'arrêtant un instant pour se retourner vers Shimamura. Ne vous inquiétez pas pour moi. Cela ira ! Mais vous, vous n'avez pas besoin d'aller plus loin. Moi, il faut que j'y sois, si jamais il y avait des blessés, des gens du village... »

Shimamura n'avait en effet aucune raison de continuer. La première excitation l'avait quitté. Baissant les yeux, il constata que la voie de chemin de fer se trouvait juste à ses pieds.

« Oh ! la Voie lactée... elle est splendide ! » s'exclama Komako, courant toujours devant lui, les yeux levés vers le ciel.

La Voie lactée... En la regardant lui aussi, Shimamura eut l'impression d'y nager, tant sa phosphorescence lui parut proche, comme si elle l'eût aspiré jusque-là. Le poète Bashô, était-ce sous l'impression de cette immensité resplendissante, éblouissante, qu'il l'avait décrite comme une arche de paix sur la mer déchaînée ? Car c'était juste au-dessus de lui qu'elle inclinait sa voûte, enserrant la terre nocturne de son étreinte pure, indéchiffrable, sans émoi. Image pure et proche d'une volupté terrible, sous laquelle Shimamura, un bref instant, se représenta sa propre silhouette découpée en une ombre aussi multiple qu'il y avait d'étoiles, aussi innombrablement multipliée qu'il y avait là-haut de particules d'argent dans la lumière laiteuse et jusque dans le reflet miroitant des nuages, dont chaque gouttelette infime et rayonnante de lumière se confondait avec son infinité, tant le ciel était clair, d'une limpidité et d'une transparence inimaginables. Cette écharpe sans fin, ce voile infiniment subtil, subtilement tissé dans l'infini, Shimamura ne pouvait plus en détacher son regard.

« Attends-moi ! Attends ! cria Shimamura vers Komako qui le devançait.

— Venez vite ! » lança-t-elle sans cesser de courir vers la pente de la montagne derrière laquelle tombait le rideau lumineux de la Voie lactée. Sous la lueur sensible des étoiles sur la neige, il croyait presque voir, tant elle courait vite, le revers rouge de son kimono de dessous, relevé comme l'autre dans son bras que la course lui faisait balancer très haut.

Derrière elle, Shimamura s'élança aussi vite qu'il put, afin de la rejoindre. Komako ralentit un peu et lui prit la main, laissant retomber le long kimono sur le sol.

« Vous venez aussi ?

— Oui.

— La curiosité, toujours ! fit-elle en ramassant le bas de son kimono qui traînait dans la neige. Rentrez donc, sinon les gens vont trouver à redire...

— Un peu plus loin seulement.

— Vous avez tort. Ils me reprocheront de vous avoir mené sur le lieu d'un incendie ! »

Il acquiesça d'un signe de tête et s'immobilisa, mais elle laissa sa main légèrement posée sur son bras, quoique avançant toujours.

« Attendez-moi quelque part, ce ne sera pas long, proposa-t-elle. Je vous rejoins. Où voulez-vous ?

— Tu n'as qu'à me le dire.

— Voyons !... Disons un peu plus loin... »

Puis secouant violemment la tête :

« Non ! je ne veux pas que vous restiez ! Je n'en puis plus ! »

Et elle se jeta si fort dans ses bras, qu'il en recula d'un pas ou deux. Sur le bord de la route, derrière lui, en contrebas, il distingua un rang de poireaux au-dessus de la neige.

Ce fut un torrent de paroles qui se déversa soudain sur Shimamura :

« Pourquoi a-t-il fallu que vous me disiez une chose pareille ? Oh ! pourquoi dire une chose aussi détestable ? Femme excellente ! Maintenant que vous allez partir... Pourquoi le dire ? »

Shimamura revoyait Komako sur la natte, piquant à petits coups désespérés et rageurs le plancher, de la pointe de son épingle à cheveux d'argent brillant.

« Cela m'a fait pleurer. Aussi quand je suis rentrée à la maison, j'ai pleuré. J'ai peur de la séparation. Mais je vous prie, allez-vous-en ! Je n'oublierai jamais que vous m'avez fait pleurer. »

A l'idée qu'un malentendu, une simple méprise avait pu la blesser et la faire souffrir jusqu'au plus profond de son être, au plus intime de sa féminité, Shimamura, plus intensément encore, prit un instant horreur de la séparation.

Une exclamation poussée dans la foule, là-bas, au lieu de l'incendie, leur parvint juste à ce moment-là. Un sursaut violent de la flamme suivit aussitôt, couronné d'une gerbe d'étincelles qui se jeta contre le ciel.

« Voyez ! Cela reprend plus fort que jamais ! »

Arrachés à leur conversation par l'éclat des flammes, ils volèrent vers le feu.

Komako courait vite, les bras au corps, ses pieds effleurant à peine le sol enneigé. Menue d'apparence, elle était un de ces êtres qui ont le souffle puissant, constatait Shimamura, essoufflé lui-même rien que de la voir, et très vite arrêté dans sa course, lui qui avait le corps plutôt replet. Mais heureusement, Komako se fatigua vite elle aussi et s'arrêta pour l'attendre, se laissant aller contre lui.

« Mes yeux larmoient, dit-elle entre deux respirations haletantes : c'est le grand froid. »

Shimamura avait aussi les yeux mouillés, piqués par le froid, alors que ses joues le brûlaient. Il battit des paupières, cherchant à refouler cette eau qui allait déborder en larmes, et dans son regard étréci il reçut de nouveau le scintillement de la Voie lactée.

« A-t-elle cet éclat chaque nuit ?

— La Voie lactée ? Elle est splendide, n'est-ce pas ? Non, d'ordinaire, elle ne brille pas avec une telle intensité. Toutes les nuits ne sont pas aussi claires. »

Cette arche étincelante qui plongeait dans la direction de leur course semblait baigner dans son scintillement la tête de Komako.

La ligne de son nez légèrement aquilin ne lui paraissait pas aussi aiguë que d'habitude, et la couleur si riche de ses lèvres semblait avoir disparu dans son visage. Se pouvait-il qu'elle fût si sombre, cette merveilleuse clarté qui enjambait le ciel ? En vérité, Shimamura n'arrivait pas à le croire. La nuit pouvait-elle être plus ténébreuse que sous le clair de lune, l'autre fois, alors que l'intensité resplendissante du chemin étoilé brillait visiblement bien plus que la plus rayonnante pleine lune ? Il fallait admettre pourtant que le scintillement fourmillant de la Voie lactée ne mettait aucune ombre sur le sol, et sa lumière fantomatique donnait au visage de Komako l'aspect étrange d'un masque antique, sous lequel transparaît sensiblement un élément de féminité !

Levant à nouveau son regard, Shimamura, sous la voûte immense de lumière, ressentit à nouveau cette étreinte du ciel étincelant qui se serrait sur la terre.

Telle une aurore infinie, la Voie lactée l'inondait tout entier avant d'aller se perdre aux derniers confins du monde. Et cette froide sérénité courut en lui comme un frisson, comme une onde voluptueuse, qui le laissa tout ensemble étonné et émerveillé.

« Si vous partez, lui dit Komako en reprenant la marche, si vous partez, je retrouverai une conduite. »

Elle marchait en remettant de l'ordre dans sa coiffure défaite. Au bout de quelques pas, se retournant :

« Qu'est-ce que vous faites ? Vous n'entendez tout de même pas rester ici ? »

Shimamura, immobile, la regardait.

« Oh ! Vous voulez bien m'attendre ? Et nous retournerons à votre chambre après... »

D'un petit geste de la main gauche, elle avait pris congé pour se mettre à courir, et bientôt sa menue silhouette s'en alla disparaître dans l'ombre, comme absorbée par la montagne. Un instant, en la suivant des yeux, Shimamura vit la dentelure des sommets déchirer le voile somptueux de la Voie lactée, dont il retrouva le pur scintillement au plus haut de la voûte, en plein ciel, abandonnant les monts à leurs lourdes ténèbres.

La silhouette de Komako s'était effacée derrière les maisons de la grand-rue, quand elle y tourna, tandis que Shimamura reprenait sa marche pour la suivre.

S'avançant d'un pas vif, cadencé par un cri guttural, hé-ho ! hé-ho ! des hommes tiraient une pompe à incendie dans la grand-rue, suivis par une foule compacte à laquelle Shimamura se joignit en arrivant au carrefour.

Une seconde pompe venant derrière, il s'écarta pour la laisser passer, repartant derrière elle.

C'était une vieille pompe à bras, un ustensile grotesque qu'une cohue masculine tirait, attelée à une longue corde, avec une autre cohue d'hommes de chaque côté, pour la manœuvre. Noyée dans cette foule humaine, la pompe semblait minuscule.

Komako s'était, elle aussi, écartée sur le côté de

la rue pour laisser passer la pompe à incendie, et quand elle aperçut Shimamura, en courant, elle le rejoignit dans la foule. Au fur et à mesure, les gens s'écartaient pour laisser place à l'engin, revenant s'agglomérer à la cohue qui suivait, comme s'ils avaient été aspirés. Dans cette foule en course vers l'incendie, Shimamura et Komako étaient emportés, ne comptant plus que comme des unités anonymes.

« Vous avez donc fini par venir quand même ! Curieux de tout, n'est-ce pas ?

— Bien sûr ! Et voilà une bien ridicule et minable pompe ! Pareil engin doit dater d'un bon siècle, pour le moins.

— Pour le moins, oui. Mais faites attention de ne pas tomber.

— Une vraie patinoire, en effet.

— Vous ne connaissez pas notre blizzard, quand le vent glacé fait courir la neige rasante des nuits entières ! Vous devriez voir cela ! Mais vous ne vous y risquerez pas, évidemment ! On voit accourir les lapins et les faisans jusque dans les maisons, pour y chercher abri devant la tempête. »

Elle parlait d'un ton animé, avec une sorte d'impatience, comme si sa voix avait pris la cadence du cri rythmé devant et du piétinement pressé de la foule derrière et tout autour, cette cohue dans laquelle Shimamura se sentait pris de même.

Ils entendaient le ronflement du feu maintenant, et des langues de flamme s'élançaient juste devant eux. Komako se suspendit au bras de Shimamura. Les maisons basses et sombres, tantôt surgissant sous l'éclat du brasier, tantôt se renfonçant dans la nuit sur le bord de la rue, paraissaient respirer. L'eau des pompes coulait à flots sur la chaussée. Ils vinrent donner contre un vrai mur humain, compact, infranchissable. Il y avait dans l'âcre fumée comme une odeur de soie brûlée.

Un réseau de cris courait dans cette foule, répé-
tant des uns aux autres les nouvelles : oui, le feu
s'était mis dans l'appareil de projection ; on avait
lancé les enfants, oui, oui, l'un après l'autre du haut
de la galerie ; non, il n'y avait personne de blessé ;
non, non, l'entrepôt, par chance, ne contenait ni
cocons de soie, ni réserve de riz. En dépit de ces voix
qui parlaient haut, un vaste et singulier silence
régnait cependant sur la scène dramatique de l'incendie, devant laquelle chacun restait hypnotisé, comme
si la violence des flammes faisait taire les voix,
étouffait les cœurs, abolissait les points de compa-
raison. Personne n'avait d'autre force que celle
d'écouter le terrible ronflement du feu et le battement des pompes à bras.

De temps à autre, un retardataire arrivait en courant du village, criant le nom d'un parent. On lui
répondait, ici ou là, et les voix s'interpellaient un
instant et échangeaient leurs appels joyeux, qui suc-
cédaient à l'inquiétude. Ces voix seules témoignaient
de quelque vie et de quelque présence. Le tocsin aussi
s'était tu.

Shimamura, dans la crainte d'être remarqué,
s'était éloigné de Komako pour se glisser derrière
un groupe de gosses, bientôt repoussé en arrière par
la chaleur que dégageait le brasier. Ils piétinaient
dans la neige fondante, ayant laissé devant eux un
magma boueux de neige et d'eau, tout bosselé par
mille marques de pas.

Ils s'étaient reculés jusque dans le champ qui lon-
geait l'entrepôt aux cocons, et le gros de la foule,
venant de la rue, s'était massé au même endroit.

Le feu avait dû prendre à l'entrée du bâtiment,
où le toit et les parois étaient entièrement consumés
déjà, dévorés par les flammes jusqu'au milieu de la
bâtisse, tandis que les poutres de soutien et les solives flambaient toujours. Tout l'entrepôt, semblable

à une énorme grange, était bâti de bois : poutres, cloisons, planchers, toiture ; l'intérieur incandescent n'était pas obscurci par la fumée. Ce qui restait du toit, inondé par le jet des pompes, n'avait plus l'air de brûler, mais le feu continuait de couver et de se propager, éclatant brusquement ici ou là en longues flammes, sur lesquelles se concentraient aussitôt les jets d'eau des trois pompes en action. Dans la hâte, un jet parfois manquait le toit, passant l'arête, et la gerbe d'eau semblait suspendue un instant, hésitante, avant de se volatiliser pour retomber en fines gouttes invisibles de l'autre côté. Au cœur de la flamme, l'eau faisait monter une colonne tourbillonnante de fumée noire autour d'une fusée d'étincelles brasillantes.

Enlevées en hauteur, les étincelles et les flammes ramenèrent le regard de Shimamura au sein de la Voie lactée, un moment offusquée par la fumée, qui n'en sembla que plus ruisselante et plus profonde, plus magnifiquement lumineuse et voûtée de l'autre côté, où les gouttes illuminées du jet des pompes, quand il manquait l'objectif et se volatilisait dans l'espace, semblaient se confondre avec elle.

Komako, il ne savait quand, l'avait rejoint. Sa main avait cherché la sienne, et il se retourna vers elle, sans parler : elle regardait le feu, dont l'éclat changeant mettait plus d'animation encore sur son visage légèrement empourpré, intensément tendu. Shimamura en fut ému d'un trouble profond. Elle avait le chignon un peu défait, et sa gorge découverte se tendait précipitamment à chaque souffle. Les doigts de Shimamura frémissaient d'impatience, tant son désir était grand de la toucher ; il en avait les mains moites. Mais la main de Komako, en vérité, était plus chaude encore. Et sans comprendre pourquoi, Shimamura eut le sentiment d'une séparation prochaine entre eux, sentit que quelque chose leur imposait cette séparation.

Le long des piles et des solives près de l'entrée, les flammes tout soudain avaient repris de la fureur, attirant aussitôt le jet d'une pompe, qui fusa en lourdes vapeurs sifflantes cependant que la charpente s'effondrait.

Un cri s'arracha de la foule, dont tous les yeux venaient de voir tomber dans le brasier le corps d'une femme.

La galerie intérieure, construite surtout pour marquer que l'entrepôt servait également de salle de spectacle, n'atteignait pas la hauteur normale d'un étage, et le corps qui en était tombé n'avait mis qu'à peine une fraction se seconde à venir s'écraser au sol ; mais tout le monde l'avait vu. Tous les yeux avaient enregistré la chute dans tout son détail, comme si le temps eût été suspendu au mouvement bizarre dessiné par ce corps étrangement inerte, semblable à un pantin, pendant qu'il planait dans l'espace. La malheureuse était sans connaissance, on le savait. Et sa chute vint finir sans bruit entre le brasier qui s'était ranimé à l'entrée et le foyer toujours actif vers l'arrière du bâtiment. L'eau avait tout détrempé à l'intérieur, et le corps, en s'abîmant au sol, n'y avait soulevé ni cendre ni poussière.

Le jet arqué d'une des pompes s'inclina pour venir noyer la braise et les décombres en un point où apparut soudain le corps d'une femme qui semblait surgir de l'eau. C'est ainsi que s'était déroulé le drame. Le corps était resté horizontal en tombant dans le vide, et Shimamura avait eu un mouvement de recul, sans ressentir aucun effroi à vrai dire : il voyait tout cela comme une fantasmagorie ; la raideur naturelle du corps, qui s'était évanouie dans le vide, était devenue d'une incroyable souplesse, d'une invraisemblable douceur, si bien que l'absence de résistance vive, qui en faisait un pantin, abolissait pour lui la différence entre la vie et la mort... S'il avait frémi, c'était dans l'appréhension de quelque désordre fatal : la crainte que la tête, un genou, une hanche, ne vienne rompre soudain cette ligne idéale... Mais jusque sur le sol, le corps avait gardé la même position.

Komako avait poussé un cri perçant en se cachant les yeux des deux mains. Shimamura, l'œil fixe, contemplait la forme gisante.

A quel moment avait-il su qu'il s'agissait de Yôko ? Le cri d'horreur poussé par la foule et le cri de Komako lui paraissaient avoir été simultanés et, dans l'instant même, il voyait le frémissement d'un spasme sur le mollet de Yôko, inanimée sur le sol.

Le hurlement de Komako l'avait percé de part en part, et ce frémissement sur la jambe de Yôko lui fit passer un frisson tout le long de l'échine jusqu'aux orteils. Une angoisse indescriptible lui serra le cœur.

La jambe bougeait à peine, à peine assez pour qu'on pût être sûr de la voir. Mais le spasme n'avait pas encore pris fin, que déjà le regard de Shimamura remontait le long du kimono rouge vers le visage.

Son kimono relevé un peu au-dessus du genou, Yôko était tombée sur le dos et gisait, évanouie, parfaitement inerte si l'on excepte le mouvement spasmodique de sa jambe. Mais cette immobilité, sans qu'il sût trop pourquoi, n'éveilla chez Shimamura aucune image de la mort ; il la contemplait plutôt comme un état de métamorphose, un stade de transition, une forme de la vie physique.

Sur la tête de Yôko, quelques travées de la galerie effondrée brûlaient encore. Sur son regard superbe, ce regard qui vous transperçait de part en part, les paupières étaient closes. Son menton pointait, prolongeant la ligne du cou. Et les rouges reflets de l'incendie venaient jouer sur la pâleur de son visage.

Une émotion nouvelle envahit le cœur de Shimamura au souvenir de la lumière merveilleuse, perdue là-haut dans la montagne, qui était venue briller sur les traits émouvants de Yôko, dans le miroir crépusculaire de la fenêtre, lorsqu'il venait rejoindre Komako. Les années qu'il l'avait connue, les mois qu'il venait de passer avec elle, il lui semblait les voir illuminés eux aussi, sous le scintillement lointain de cette lampe solitaire. Une angoisse sans nom, le poids d'une tristesse infinie l'accablèrent.

Komako s'était écartée de lui pour bondir vers le brasier, dès l'instant où elle avait poussé son cri perçant en se couvrant les yeux, alors que le cri horrifié de la foule paraissait retentir encore. Son long kimono de geisha avait flotté derrière elle tandis qu'elle courait, trébuchant parmi les flaques d'eau et l'entassement des poutres à demi calcinées qui entravaient sa marche.

Enfin elle se retourna, portant Yôko dans ses bras. L'effort lui burinait les traits, tirait désespérément tout son visage, sous lequel, inexpressif et presque serein, se balançait le visage de Yôko, aussi blanc et inanimé que lorsque l'âme s'est envolée.

Komako, dont on n'eût su dire si elle portait un holocauste ou le poids de son châtiment, avançait sans même se rendre compte qu'elle se frayait un passage dans les décombres.

La foule, atterrée jusque-là, s'ouvrit et se referma sur elle avec ses mille voix retrouvées.

« Arrière ! Ecartez-vous ! »

C'était la voix de Komako que Shimamura entendait.

« Elle va devenir folle ! Folle ! Folle ! » entendit-il encore, après le cri de Komako.

Mais quand il voulut s'avancer vers la voix presque

délirante, les hommes qui s'étaient précipités pour
enlever de ses bras l'inerte Yôko, les hommes qui se
serraient autour d'elle, le repoussèrent si fort qu'il
faillit perdre l'équilibre et chancela. Il fit un pas
pour se reprendre, et, à l'instant qu'il se penchait en
arrière, la Voie lactée, dans une sorte de rugissement'
formidable, se coula en lui.

IMPRIMÉ EN FRANCE PAR BRODARD ET TAUPIN
7, bd Romain-Rolland - Montrouge - Usine de La Flèche.
LIBRAIRIE GÉNÉRALE FRANÇAISE - 14, rue de l'Ancienne-Comédie - Paris.
ISBN : 2 - 253 - 03073 - 2

❖ 42/3015/7